그대를 바라는 일이 언덕이 되었다
유종인 시집

문학동네시인선 215 유종인

그대를 바라는 일이 언덕이 되었다

시인의 말

기꺼이 초록으로 말하려 하네
다솜이 멀지만 가까이 번져가자고

그리운 모든 것들 내 그윽한 측근이 되어가자고

2024년 6월 일산에서
유종인

차례

1부 이번 여름은 빗소리가, 자주 붓을 들었다

2부 무감각에서 사랑의 살결을 꺼내보자는 당신,

4부 그대라는 말도 수국으로 시들었으니

1부
이번 여름은 빗소리가, 자주 붓을 들었다

고건축

운현궁 맞은편 붉은 벽돌의 외벽에 파란 녹빛의 돔 지붕은
옛일의 오늘 같은
천도교 중앙 교당

교당은
반그늘 고요가 더 장엄
그윽한 일

버려진 개도 꼬리를 선선히 흔들다
교당 문 앞에
과묵한 관리인처럼 앉았다

옛일은 궁륭천장이 높고
사랑은 아직
고풍스런 아치형,
장중한 예식이 거행되기 전
반그늘 고요가
예스러운 의자에 앉고
오늘로 눈이 반쯤 뜨이는 둘레

보듬고 쓰다듬고 끌어안는 이끼의 몸들,
장식뿐인 샹들리에가
빛 없이

빛나듯 —

노각

노각이란 말 참 그윽하지요
한해살이 오이한테도
노년이 서리고
그 노년한테
달셋방 같은 전각 한 채 지어준 것 같은 말,
선선하고 넉넉한 이 말이
기러기떼 당겨오는 초가을날 저녁에
늙은 오이의 살결을 벗기면
수박 향 같기도 하고
은어(銀魚) 향 같기도 한
아니 수박 먹은 은어 향 같기도 한
고즈넉이 늙어와서 향내마저 슴슴해진
내 인생에 그대 내력이 서리고
그대 전생에 내 향내가 배인 듯
아무려나
서로 검불 같은 생의 가난이 울릴 때
누가 먼저랄 것도 없이
조붓한 집 한 채 지어 건네는 맘
사랑이 그만치는
늙어가야 한다는 말 같지요

노각이란 말 늡늡하지 않나요
반그늘처럼 늙어 떠나며

외투 벗어주듯 집도 한 채
누군가에게 벗어줄 수 있다는 거
은어 향에 밴 수박 향서껀
늦여름 거쳐 가을 허공이든
그대 혀끝이나 귓불에 스친 우박이든
저물지 않는 말간 상념의 맛집
내 욕심을 늙히어 그대에게
집 한 채 물려주고 가는 맛 같은
노각이라는 말 낙락하지요

이끼 반야(般若)

수수억 년 전에도 이런 초록의 매트가 번져 있었지

초록 보료 위에 붓다는 처음 번뇌의 시동을 걸었고, 장차
멸종을 앞둔 짐승들 흘레붙는 그림자를 이끼밭에 드리웠지

빙하기를 견디다못해 무성생식을 시작했지 훤칠한 일이야

나는 춘란의 말라가는 뿌리를 감싸기 위해 이끼를 북어처
럼 뜯어 감쌌네

꽃도 열매도 없지만 남루하진 않을 걸세
겨울인데 초록을 쌈짓돈처럼 꺼내드는 늡늡한 마련의 수
천 세기, 여기 와

여기 누워봐, 두 손을 내려 네발짐승처럼 가만가만 이끼
짚으며 어슬렁거려봐

작심만 해도 여긴 소슬한 데뷔지, 짐짓 한 생각 내려놓듯
기꺼운 마련이 생기지

솔방울 몇 개 구르고, 먼 천둥소리도 잔업 마치고 와서 모
로 누웠네

이 심심하고 담담한 내음의 빛깔을 반야의 속종으로 알 ─
거야

　인멸을 모르는 초록의 어스름, 결별을 모르는 만남의 먼
동이 예 서렸으니

　주검을 눕혀놓으면 너무 편안하다 가만 죽은 뒤에도 생각
이 번지는 몸을 어쩌나

　식물원에 수형된 풋것들은, 가끔 여길 떠올릴 때 호젓한
기색이 만연해

　누군가 예 와서는 말이야, 생각 없이 눈물 흘리는데 너무
벅차고 고요해

신문

활자들만 모른 체하면
신문은 이리저리 접히는 보자기,
나는 신문이 언론일 때보다
쓸쓸한 마른 보자기일 때가 좋다

그 신문지를 펼쳐놓고 일요일 오후가
제 누에 발톱을 툭툭 깎아 내놓을 때가 좋다

어느 날 삼천원 주고 산 춘란 몇 촉을
그 활자의 만조백관들 위에 펼쳐놓고
썩은 뿌리를 가다듬을 때의 초록이 좋다

예전에 파놓고 쓰지 않는 낙관 돌들
이마에 붉은 인주를 묻혀
흉흉한 사회면 기사에 붉은 장미꽃을
가만히 눌러 피울 때가 좋다

아무래도 굴풋한 날 당신이
푸줏간에서 끊어온 소고기 두어 근
핏물이 밴 활자들 신문지째로 건넬 때의 그 시장기가 좋다

이젠 신문 위에 당신 손 좀 올려보게
손목부터 다섯 손가락 가만히 초록 사인펜으로 본떠놓고

혼자일 때   —
내 손을 가만히 거기 대보는 오후의 적막이 좋다

죽을 좀 저으라기에

뒤늦게
코로나 변이 바이러스에 걸린 딸을 위해
죽을 안치고서는
당신이 죽을 좀 저으라기에 나는
옛 책을 들춰보다 끌리듯 가서
나무 주걱으로 죽을 젓는다

잠시라도 죽을 젓는 게 늦으면
활화산 분화구에
분을 삭이지 못한 용암처럼
죽 방울이 금방 튀어오르기에
느리지도 빠르지도 않게
슬그머니 끼어든 듯 죽을 젓는다
처음엔 노를 젓듯 젓다가
다음엔 독필(禿筆)의 나무 주걱으로
언제 적 당신 이름을 썼다가 지우고
진시황이 먹었다는 저잣거리의 음식 이름
사전에도 없는 획수 무진장한 한자도
더듬더듬 그리듯 쓰며 젓다가
엊그제 밤 소낙비에 꽃대가 꺾인 노란 겹삼잎국화도
그 이름 잊힐까 한번 야채죽 속에
부러진 꽃대 일으켜세우듯 써본다
가서 몇 해쯤 능놀고 싶은 섬의 이름도

옛 이름으로 써보는데 죽 방울이
그런 거보다 더 그럴싸한 이름 없느냐
내 손등에 죽 방울 침을 놓으며
그럴듯한 연애를 쓰라는데
나는 조금 당황하여 묵혀둔 술 이름도 써본다
역시 술은 초서로 써야 제맛이지
그런 내가 죽을 쑤는지
술을 푸는지 모르는 등뒤에서
타지 않게 살살 놀지 말고 저으란다

어느덧 당신이 죽 솥의 불을 끄라기에
죽 속에 젓던 글자들 하나씩 불러내
그만 다음에 능놀아보자
나무 주걱 독필에 묻은 죽의 활자들
훔치듯 혀로 맛보는 사이
사무친 연애의 뒤끝처럼 고요하구나
죽을 쑨다는 말이 이리 사무치는지 몰랐네

여름의 낙관

이번 여름은 빗소리가, 자주 붓을 들었다

흘리듯 듣는 것으로 몸속엔 화선지가 자주 펼쳐졌다

매미 소리가 세찬 여울로 쓸고 가는 새벽엔 한 획이 만 획
인 듯 새하얘졌다

산책 갔다 산모기한테 가만한 지청구처럼 물려 돌아와 온
몸을 긁었다

붉은 주문(朱文)이 돋아 여러 날 눈길이 갔다

새로 산 슬리퍼를 끌다가 발등이 쓸려 피가 보였다 발을
책상 위에 얹고 쥘부채를 부쳐주었다

검붉은 딱지가 앉은 발등에도 초가을 어름까지 고문
(古文)이 앉아 능놀다 가겠다

간간이 뒤통수에 돋은 몇 개의 뽀루지와 엉덩이의 종기
들, 수습하듯 쓰다듬었다 그만 발문(跋文)하여라

그리고 십여 년 만에 머리 왼쪽 정수리 근처에 난 백문
(白文)의 원형 탈모까지

다 받아두기로 했으니 아직 소소하여

내 몸에는 지그시 돋아놓은 낙관이 몇 과(顆)인가 헤아리
다 웃는다

몸이 버섯처럼 돋고 잦아들 번뇌의 인보(印譜)만 같다

만년필

잉크가 다 닳은 펜의 카트리지가 훌쭉해져
잉크병을 열고 펜촉을 담갔으나 잉크병도 바닥일 때
생활은 새똥이 묻은 교회 십자가 옆 허공에
빈 펜촉을 들어
필사(筆寫)의 부리로 끄적이는 일

필경사의 손도 아닌데 손가락에 생긴 펜 혹은
창밖 뻐꾸기가 슬쩍 물어다 어디
묵언의 둥지에 한동안 탁란하듯 맡길 것도 같은 오월

바닥난 잉크 대신 카트리지에
히말라야 만년설의 빙하수를 넣어볼까
마하반야바라밀다심경을 심상하게 귓등으로 넘기는 절간
종무소의 진돗개 눈빛을 반쯤 채워 쓸까
가끔은 민달팽이와 유혈목이가 스쳐간 이끼의 숨결과
마라도와 가파도 사이 파도 소리를 시보(時報)처럼 담아
뒀다
파도체의 소리 나는 푸른 사인을 해볼까
어기적어기적 저 오랜만의 두꺼비 머루 같은 눈빛도
만연체 소설의 물꼬를 틀 때 써볼까

마음은, 점점 바닥난 잉크를 대신하겠다
변방의 숨은 오지랖들

그 펜촉의 관정을 그윽이 박는 날들

어머니는, 만년은 훌쩍 넘겨
쓸 수 있는 영혼의 잉크라는 것
죽음으로도 그 사랑의 필기감은 버릴 수 없다

염주와 묵주

기도를 굴리며 걷는 사람들,
어느 염주와 어느 묵주가 스치듯 만날 때는
참깻단 들깻단 말리는 환한 가을날이 대세
산책 나온 암환자들 여윈 어깨를 물들이는 목젖이 푸른
갈바람이 대세
갓 핀 붉은 억새꽃 술렁이는 들길에
생각이 굵은 염주와 침묵이 달큰해진 묵주가 만날 때에는
샛강 모래톱에 외발로 선 왜가리의 졸음 같은 평화가 대세

고통이 쉬는 나라는 아름다운 나라가 아니리
아픔은 속사정 여사여사한 유족들처럼
슬며시 기운 들풀처럼
어울려도 오고 기대어도 오니
고통이 가물었던 이들은 다시 햇곡식처럼 고통을 받자하니
여름내 곰팡이 핀 염주알 묵주알 다시 돌린다
윤기 도는 기도의 이마여

염주를 쥔 그대가 묵주를 든 날 스칠 때는
들판 끝 송장메뚜기 뛰는 가을 서덜길이 대세
이 민낯의 마음은
어딘가 깊은 슬픔이 내통하더라도
염주알 묵주알 다 풀어 가져가는 들판의 바람,
지금 이 간구하는 손목을 비틀어 어디다 둬야 하나

산길 모롱이나 찬비 오는 육교에서
염주와 묵주가 마주칠 때는
묵은 모래 자루가 터져 두꺼비 걸음으로 오는 저녁이 대세
토란잎이 시들고 토란대가 바람에 꺾이고
바라고 바라는 바도 잊고 어디서 족발 삶는 냄새 자자하
고, 적막도 깨우치는가

들기름병 깨져 가난이 횡재를 맞은 듯
저녁의 입가에 고소한 미소가 번지는 것도 대세다
묵주를 쥔 손과 염주를 찬 손이 가만히 악수할 때
새삼 노을에 비쳐 글썽이는 먼지들,
영원의 눈썹이 일렁거리는 것도 순간의 대세다

열무

물난리에 만원 가까이 할 땐
시기심 많은 시앗처럼 멀리 보더니
시월 오늘은
그냥 킹도 아니고 슈퍼 킹 마트에서
초특가로 한 단에 천원 하는 바람에
넉 단이나 덥석 사와서는 열무를 절이는
저녁이다
눈이 휘둥그레진 옆 사람의 성화에
오늘은 사방이 맑고 환하고 조용한
열무 혁명의 가을이다

배추보담도
알타리보담도
열무는 확실히 청춘 같은 데가 있다
아무리 알타리총각무라 해도
열무는 어슬한 청춘 같은 데가 있다

세상 욕심에 한쪽이 물들어
혼쭐이 나게 털리고 돌아온
아직도 순수의 풀물이 덜 빠진
돌아온 시인 같은 데가 있다
그 시인의 빨아도 빨아도
희푸르기만 한 노 브랜드 청바지 같은 데가 있다

바투 깎은 손톱에
맨손으로 버무린 손가락 끝에
매운 봉숭아물이 덤으로 물드는 시월 저녁
그 사람이 돌아오면
이가 빠진 운두 있는 접시에 열무를 내고
말간 소주를 한 대접 마신 뒤
담근 지 하루 만에 쉰내 어린 풋내가 서러운
열무를 집어 허공에 들어먹는 일 있다

네덜란드의 햇빛

한겨울 어느 날 추위가 반짝 풀리고
대형 마트가 있는
큰길 사거리 횡단보도에
고장난 전기밥솥을 보자기에 싸들고 서 있었다

번들거리는 오후의 햇살이
아스팔트에 반사돼 눈을 찡그릴 때
손에 쥔 밥솥 보따리는
어느 고인(古人)이 맡긴 인류 예언서 한 질만 같았다

밥솥을 고치듯
예언도 밥 먹으며 고쳐갈 거라고
밥 먹으며 고쳐 살 거라고
그리 맘먹는 밥이라고

사거리 아스팔트에 반사된 햇빛이
네덜란드의 눈부심 같았다
암스테르담 뒷골목 어느 오후의 적막한 빛과 그늘 같았다
거기 가보지 않고 여기
고개가 끄덕여지는 순간들,
네덜란드, 다르게는 화란(和蘭)이라는 이름으로
겨울 거실에 붉은 제라늄도 피었다

한 나라가 한 나라 밖에도 번져나 살듯
그대는 내게 불쑥 얼굴을 맞댄
네덜란드의 어떤 눈망울,
암스테르담의 빛과 그늘로 짠 바람의 외투들
사랑 외에 더 추가할 것이 있는가

그러니까 만세

어깨 염증을 오래 참았더니
어느 날부터 팔을 돌리기가 어렵다
팔을 앞으로 돌릴 때도 그렇지만
팔을 뒤로 젖혀 돌릴 때는 더 아파온다
팔이 너무 아프니까
팔이 내 팔 같지가 않다
아픔이 이제 팔의 주인 같다
아플 때마다 참아온 팔이
안 아플 때조차 견뎌온 팔이
아플 때마다 따로 떼어놓은 팔이
아픔을 모르는 나를 만들어온 것같이

언제부터인가 앓아온 나라를
그래도 이게 내 나라인가
묻는 이들이 좌로 우로 북적일 때마다
하나같이 그들은
어떻게든 만세를 부르고 싶은 사람들
만세를 못 불러서
오히려 팔이 아파온 사람들
못나도 가만 불러주고
잘나도 만세를 불러주길 오래 참았더니
아픈 팔만 남은 몸뚱이같이
그 아픈 자식들만 남은 나라같이

팔이 나으려면 아파도 돌리세요
그러면서, 동네 의사는 때로 의사(義士)나 열사(烈士)처럼
내 팔을 그윽이 대신 들어주진 않는다
그래도 아픔 몰래 팔을 살살 돌리다
경계 삼엄한 아픔한테 걸려 팔을 도로 내릴 때
내 몸은 내 마음한테 그런다
언제까지 아픈 팔을 데리고 살 거냐
언제까지 아픈 나라를 고개 숙이고 살 거냐
그때에 이르러 당신이 한 말씀
아픔을 가만히 참고
먼저 팔이 어디까지 올려지나 올려보세요
통증이 잡아끄는 팔을
조금씩 또 조금씩 들어 천장을 향해 하늘에 올릴 때
아 나 같은 어깨 병신 팔 병신도
뭔가 한 것만 같은 으쓱함이여
그러니까 만세
그러니까 만세
말을 닫고 그저 입만 꽃처럼 벌리고
아픈 팔이 안 아픈 팔까지 거들어 올리고
서로 좀 즐거이 아파보자구
서로 좀 살 떨리게 기쁜 아픔 찾아보자구
벌써 가로수와 정원수와 죽어가는 나무들까지

언제부턴가 두 팔 들어올린 지 오래고
하늘 높이 기다린 지 오래다

원(圓)

잠결에 옆 사람에게
아무 그럴 만한 이유도 없이
무심히 그야말로 느물거리듯
물뱀을 귓바퀴에 걸친 듯
아무 말도 내 입의 주인이 없는 듯해
그저 무심코
—사랑해
가만히 주워섬기니 그만
잠의 입구에 마악 들어서려던 옆 사람이
—시끄러
가시 끝이 말랑말랑한 봄날 연둣빛 찔레 가시 같은 말투로
옆 사람이 슬그머니 능선을 타듯
돌아눕는다 겨울밤 초원에
새 풀이 수런거리듯 돋아날 기미다
한때의 사랑해는 뒤집으면 칼날이었는데
요즘 내 사랑해는 시끄러를 빙그레 삼킨다
반대말이 줄어드는 사랑해가
시끄러와 함께 가만히 코고는 소리로
둥글어진다 그러거나 말거나
칼날을 품고도 어찌 쓰다듬을까
궁리하다가 다시 눈꺼풀이 둥글게 감긴다

능사(能事)

감추면 으늑해지지
문득, 가난마저 활짝 털어
흰옷 빨래처럼 바지랑대 높이 걸고
한번 바람을 쐬면,
문득 내다볼 들판도 없이
내 옆구리에 광야를 팔짱 끼는 것

나여,
어제는 나무젓가락이나 벌렸지만
오늘은
모종의 번민을 장작처럼 쪼개보자

늘 가던 길에서 갈라져
더 가보는 호기심의 행보,
드디어는 한번 더 갈라지는 길
나는 분열하는 즐거움,

편애하자
가벼워지자
길이 갈라지는 건
이 세상에 더 깊이 뿌리박고 싶은
그윽한 악착

모종의 일몰,
슬픔의 독차지,
낯선 길에서 스님 같은 개와 같이 바라는 노을,
언제나 나의 능사는 번뇌,

꽃이 시들자
드디어 얼굴로 가슴으로
들이는 모종의 꽃,

언제나
사랑이라는 미완의 능사

저 봄비

저 섬섬한 봄비를 담아갈 가방 좀 있어야겠다

일찍이 신께서 이 땅에 말문이 트여올 때 저 봄비의 입시
울을 닮아야겠다

다시금 생각해도
일산의 전주집 앞을 서성이는 봄비를 잡아끌 비의 손목
을 빚어야겠다

한나절 아니 반나절
저 슴슴한 봄비가 묵다 갈 단칸방을 들여 달력을 걸어야
겠다

그래 흠뻑 소리 없이 울다 가라고
더러는 울다가 웃음이 나는 속종도 덮고 자라
이불 채도 두둑이 봐줘야겠다

누가 봄비를 어찌 담아가느냐 묻기라도 한다면
온몸으로 촉촉이 젖어드는
종이가방을 들어 보여야지

저 발목이 가는 봄비는 가다가
발목 접질려오는 일 좀 있으라고

버드나무 곁을 지날 땐
어느새 연두의 몸매를 가진 봄비라서
슬쩍 연두의 허리도 끌어당겨야겠다

마를 다듬다

첫 행사가 욕실 바닥에서 있다
생애 첫 떨이로 마를 사와 다듬는 일
낮은 의자에 앉아 솔로 마 껍질을 벗기다보면
이놈 몸매에 대해 한 줄 평이 줄곧 긁히는데
너부죽한 개발코 같은 것
절구질 대신 누이네 문짝을 부수던 전처소생이 술 먹고 휘
두른 절굿공이 같은 것
아궁이에서 타다 만 소나무 부지깽이 같은 것
술김에 이녁에게 처음으로 한 종주먹질 같은 것
떡살에 콩 넣고 오므려 손으로 꾹 쥐었다 놓은 송편 같
은 것
버럭 모루를 치다 앞니 나간 노루발장도리 같은 것
추위에 언 조막손을 두 손으로 꼬옥 감싸쥔 듯한 것
찌그러진 개밥그릇에 눈이 소복이 담긴 듯한 것
매작과(梅雀菓) 만들다 남은 꾸덕꾸덕 말라가는 뚱한 밀
가루 뭉치 같은 것
몽니를 부리고도 분이 덜 풀린 볼이 빵빵한 왜장녀의 낯
짝 같은 것
쓰다듬으면 갸름하니 새삼 몬존해지는 맘 같은 것
반쯤 썩고 반쯤 생생한 마늘 한 통 같은 것
막걸리 따르다 마지막에 울컥 쏟아지는 술지게미 같은 것
좌판에서 꽃을 파는 동네 아저씨의 손가락 세 개 없는 왼
주먹 같은 것

한 번쯤 끌어안아보고 싶은 삽사리 벌름거리는 콧등 같은 것

팔꿈치가 잘 펴지지 않는 노숙인 장씨의 두툼한 귓불 같은 것

그런 장씨 꽁무니를 줄곧 따라다니는 역전 비둘기의 몽당 발목 같은 것

어쩌면 몇 해 안에 쓰다 뭉뚝해질 내 족제비 털 독필(禿筆) 같은 것

채 치우지 않고 잔디밭에 나뒹구는 비 맞아 뭉그러지는 개똥 같은 것

그만 싸우고 합심해서 살자 맞잡은 부부의 검버섯 오른 악수 같은 것

발뒤꿈치 각질 미는 둥글넓적한 탐라 부석(浮石) 같은 것

팔다 팔다 남아 끼니 대신 먹던 떡장수 아줌마의 들러붙은 바람떡 같은 것

폐사(廢寺) 근처 빈 연못에 처박힌 부처님 머리의 육계(肉髻) 같은 것

검푸른 곰팡이꽃이 핀 외주물집 문간의 사잣밥 같은 것

개간한 산비탈밭에서 골라낸 버력 같은 것

바지 걷고 돌난간에 얹은 다리의 털 듬성듬성한 종아리 같은 것

당신을 위해서라면 자다가도 경련하듯 불끈 쥐게 되는 주먹 같은 것

—   이하 생략하듯 미간을 모으세요

　　몰라보던 어여쁜 모양들이 자꾸 뒤태를 바꾸거든

　　한 이름만으론 그 구색을 다 좇을 수 없어 눈썰미가 돋
는 날,

　　추사(秋史)가 제 아호를 이백 개도 넘게 불러 쓴 것도

　　저 흙 묻은 마를 씻길 때의 섬섬한 눈길 같은 것

　　이리저리 불러봐도 미쁜 숨탄것에 애인의 눈총은 미리내
같은 것

—

2부

무감각에서 사랑의 살결을 꺼내보자는 당신,

계곡물

비거스렁이나 쐬자고
소낙비 그친 숲에 가니
적막의 재갈을 풀어버린 왁자한 물소리들,
나는 산역꾼마냥 흙 묻은 삽이라도 씻을까
주위를 둘러보는 시늉 대신
호주머니의 땀이 밴 손을 담그니
도시락을 까먹고 책장을 침 발라 넘기던 손,
먼저 간 몇 사람과 통성명하고 명함을 주고받던 손,
임종을 못 지킨 아버지 그 눈두덩에 고인 눈물만 훔쳐내고
싸구려 춘란을 자꾸 사다가 키워 죽이던 손을
계곡물에 담그니,
그 물살이 채찍 같다

하늘에 주니가 들린 천둥과 번개가
이 불어난 계곡에 벌거숭이로 나뒹굴다
어디를 그리 서둘러 가느냐
하얗게 기절했다 깨어나
제 등을 제가 밀어 서둘러 가는 곳 어딘지
궁금해진 저물녘, 손을 다 씻고 나서도
거듭 손등을 씻겨주는 물살의 풍속,
팔뚝에 상(賞)을 받듯 도도록이 소름이 돋고
귓속에 박힌 통속이
소스라쳐 달아나는 세찬 기척에

괜히 왼발을 한번 빠뜨렸다 건지며
무른 돌을 깨듯
나는 웃는다

가을 무릎
—회고

무릎을 세우고
그 무릎에 가만히 무심의
턱을 고이는 데는
가을이 다 스친다

오늘은 그대의 옛일을 들어주려
난 어제의 술을 절반만 마시고 돌아와
그대가 세운 무릎을 눌러 머릴 누인다

한낮 풀벌레 소리가
쏟아지는 햇빛 속으로
슬픈 참견을 나선다

어쩐지 그대 무릎엔
이쁜 주름이 판친다

무릎을 펴고
그 무릎 위에 내 회고의 머리를
다시 누이는 데는
가을이 다 걸린다

전자레인지

무엇이든
우리가 한 세계의 여줄가리를 저 타이머가 달린
궁륭 속으로 집어넣는 것

폭발을 위한 것만은 아니다
우리가 먹을 만치만
눈빛을 들어 새삼 다감한 침묵으로 통성명하듯
어제의 과오와 죄책감을
더러 유머와 헐값의 용서로 데워내기 위한 것

무엇이든 다정을 구워내기 위한 것
어제는 맹독이었음에
이제 먹어도 괜찮을 만치 익힌 것

신(神)들은 나 몰라라 해도, 다정을 돌려 먹기 위한 것
벨소리가 울릴 때까지

돌을 넣어 위응물*의 떡인 양
익혀내기 위한 것
아마도 신의 역사가 오기 전이라면

* 당나라 시인 위응물(韋應物)의 시 「전초산 중의 도사에게 부침(寄全
椒山中道士)」에 나오는 구절로, 백석 선생(白石先生)이 흰 돌을 토란
처럼 삶아 먹었다는 『신선전(神仙傳)』 속 고사에서 연유한 말이다.

폭설과 동파육(東坡肉)

눈발이, 때늦은 전갈인가 했다
휘몰아치는
낙오 없이 모두가 받는 상(賞)인가도 했다

나는 흐린 날의 게으름을 묵은 솜이불처럼 개키다
창밖에 흐뭇한 눈길도 던져본다
거지와 시인이 한통속이어도 좋다고
비구니와 수녀가
한 자매로 읊조려도 좋겠다고

나는 또 배고픈 눈이 온다고
그러니 배고픈 눈으로 배부른 눈사람을 만든다고
저녁을 거른 눈사람을 세워놓고서
나는 동파육을 떠올린다
한 번도 못 먹어본 이 음식을 나는
무척 잘 아는 듯 마음에 한 접시 올리니
잣나무들이 눈을 털면서 또 눈을 맞는 일과 같은가

그대 궁금한 저녁의 입으로
대젓가락이 동파육 한 점을 집어가는 허공을
적막한 기쁨이라 불러본다
밤이 깊어 눈발이 잦아진 공중을
동파육 냄새가 기름지게 흘러가는 것을

나는 쓸쓸한 인생이라 중얼거려본다

나를 미워하고 또 사랑하는 이가 있어
그로부터 이리 떨어진 적막의 몸을
내게는 좌천된 자의 음식이라 굽거나 쩌고 썰어서
메마른 속을 달래는
눈 그친 별밤이라 불러본다

불멸의 시집

나의 시들은 비주류의 끝 모를 권속(眷屬)이므로
나의 시집은 거의 읽히지 않는 즐거움,
발목이 뭉뚝하고 날갯죽지가 꺾인 비둘기를 가슴에 품듯
내 시집의 허울뿐인 두꺼운 표지는
테러리스트가 쏜 총을 가까스로 막아낸 방탄복의 변신이
었으면 하고

나의 시집은
장례식을 마친 유족의 하품도 없이 오는 졸음을 받쳐줄
버스 뒷자리 처진 당신의 목 베개로 부풀어올랐으면 하고

나의 시집은
처음으로 데이트 신청을 받은 지하 생활자 사내가
가슴을 벌려 몇 장이고 메모지로 뜯어도 좋은 여백이었
으면 하고
꿈에 본 전생의 풍속도를
오후의 가로수길을 걷다 마주치는 한 사람에게
진경(珍景)처럼 꺼내 보이는 그윽한 판도라였으면 하고

시집이며 점집인 나를
아무 쪽이나 펼치면 그대는 그날의 운세를 보리니
보는 대로 보이고 생각하는 대로 생각하게 되는 말들을
그대의 사소함과 그대의 염염한 앞날이 손발이 맞는 작은

점집이었으면 하고 ―

　나의 시집은
　그대의 화병에 꽃이 벌고 나의 변기엔 샘물로 차오르듯
　내 몸의 부패와 그대 정신의 부활이 두동지지 않는
　인간의 어떤 선악으로도 가릴 수 없는
　소슬한 사랑의 조견표를 품어 내밀었으면 하고

　늙음에 다다른 황혼의 느림보여
　한숨에도 무한의 경(經)이 서린 눈매여
　어느 광야의 바람이 다다른 느릅나무 밑의 앉을깨여

　소슬한 영혼의 상보를 들춰 영원의 음식을 고르라는 예언
서였으면 하고

부추전

삼월 삼일날 부추전을 부친 건
어느 혁명의 소사(小史)에도 없는 일,
그럼에도 당신은
오후 네시와 다섯시 사이에
이 심심한 거사를 부쳐내서는
희고 큰 한 접시 우주에 담아 내놓는구려

야생의 풋것들을 대신하듯
아마 비늘의 궁전에서 모든 아랫도리가 칼을 받아 나온
것들이
이렇게 호주산 밀가루에 버무려
거뭇거뭇 탄 데도 훈장처럼 갖추고 나온 것이
오늘 하루
글이 없는 나를 은근한 사람으로 부추기는구려

당신과 마주앉아 침묵이 더 자주
젓가락질로 전을 찢어내는 사이,
세상은 그만큼이나 갈라졌던 국경을 붙여
조금씩 너른 나라로 나아갈 일은 없는가
나는 부추전을 찢어 먹으며 홀로 생각하는구려

더 시들기 전에 어떻게든 구워낸 부추전,
더 파장에 들기 전에

마음은 선뜻 어떤 연애의 초록을 뜨겁게 굽자고
방금 옆자리에서 내 영혼과 뺨에
불의 입술을 맞추고 간 전생이
혹 마주앉은 당신인가 하고
당신의 이마에 눈총을 쳐보는구려

옥토끼와 옴두꺼비와 나
—8월 31일

옥토끼라는 말이
투명에 가까운 발을 절뚝이며 내게 왔다

내 좁은 책상머리에 와선
귀가 깨진 벼루 뚜껑을 열고는
푸르고 말간 귀를 반 접어 먹물에 적시곤
달에 흘려두고 온 주소를 써내렸다

달의 주소를 적어준 건 내가 처음이라 했다
때마침
습습한 여름내 베란다에 머물던 옴두꺼비가
몸을 부풀려 껄떡대며
나 대신 감사 인사를 건넸다

아내가 며칠 멀리 간다고 곰탕을 끓여놨어

삼백 년 만에 입이 트인 옥토끼와
여름내 기름 뱃살을 쪽 뺀 옴두꺼비와
소금과 후추와 파를 얹어 곰탕을 먹었다
셋 모두 혀 모양이 달라
눈웃음을 흘겼다

흩어질 일과 모일 일이

문학동네시인선 215 **유종인** 시집
그대를 바라는 일이 언어이 되었다

감정의 호흡마저
나무에게 건네주는 사막과
광야로부터 돋아오는
나(裸)라는 외면 물건

내 무릎을 접으면
방울처럼
그대 눈길이
다녀간다

그대를
바라는 일이
언어이 되었다

조금만 더 삶을 붙이면
사랑이 내 필을 붙이
그윽한 언어으로 가자 할 테니

혼자일 때
내 손을 가만히 쪼기 대보는
오후의 적막이 좋다

이제 며칠을 복기하듯
오늘이라는 해낭을
다시 쓰느니

한날한시 한낮의 어스름 곁에서 입맛을 다셨다   —

—

가시와 놀다

봄 장미가 내민 연녹색 가시는 혀와 같아
손가락 끝이 저절로 간다
가만히 손끝이 닿자
그윽이 휠 줄 아는 가시의 봄

끝이 뾰족해진 혀는
찌르는 연습과 핥는 연습을 번갈아 한다

봄날은
가시에 젤리의 입맛이 감도는 때,
부드러운 촉(燭)으로 피를 내지 않고 살짝 애무해주는 때,
하나의 생각이 이데올로기로 굳기 전에
이리저리 곰살맞게 생각을 굴리며 탐문하는 때,

멀리 홀로 가는 아픈 이여
그 굽어가는 등을 연녹색 가시 막대로 긁어주면 좋을까
말보다 앞서 나오는 미소는
참 보기 좋은 균열

푸른 피가 돌고
연한 녹색의 맘이 말랑말랑할 때
그 가시 그림자마저
숱하게 다쳐 넝마로 부는 바람을 핥느라

그 가시의 혀끝이
다시, 흰다

수묵(水墨)

어떤 먹[墨]을 굳게 놔두다가
낙타처럼
옅게 혹은 짙게 끌어서
뚜벅뚜벅 물가에 데려갔지요

사납고 완고한 칠흑 속에서
담묵의 새벽이
잠결의 미소로서 나오더군요
가려졌던 경물이
모서리를 이끌고 번져나와요

나의 무지에도 농담(濃淡)을 드리우죠
내가 나를 당신이 당신을
그리고 서로의 뺨을
오래된 처음처럼 더듬어 번지듯
물이 먼저 이끌다 짙은 눈썹 먹이
어깨 곁듯 한 산천을 그려 거닐자 하죠

방금 나온 꽃들이 옛 생각에 뺨을 물들이고 섰어요
날랜 새떼가 총알처럼 허공에 박혀 있어요
먼산과 팥알만한 사람들, 허공에 번진 물소리
자유가 옹색해질 때도
자유의 물이 좋아요

칠흑에서 초록의 여름이 갈려 나올 때
내줄 수 있을 때까지 내주자고
가둘 수 없이 번져보자고
연애의 먹을 갈아대지요

근처 새
—곤줄박이

근처까지만 내려온다
밤새 눈물범벅을 만든 사내를 만나러
비구니가
비구니를 버리려고 겨울 산길을 내려오다가
산바람 소리를 듣는다
사내가 기다리고 있는 읍내 다방으로 가려다
허옇게 잎끝이 마른 산죽(山竹) 덤불에 웅크린 고라니의
말간 눈빛과 마주친다
발목이 부러져 인가에도 기웃거리지 못하고
인중이 갈라진 코를 벌름거리며 우는 고라니 때문에
비구니는 코앞에 닥친 간이 정류장을 연신 바라만 본다
이만하면 됐지, 이만하면 됐어
마음에 솟는 붉은 정념을 짙은 회색의 승복으로 가린 그
대여

사내는 공연히 차를 식히며 식어가는 차의 일생을 내려
다보며
자신에게 오고 있을 머리 깎은 애인의 발걸음을 센다
햇살이 비낀 다방 유리창에 날아가는 새 그림자 기척에
머리 깎은 애인의 발걸음을 놓치고 얼마쯤 다시 센다
이만하면 됐지,
비구니는 눈물범벅의 여인 속에서 등돌려 빠져나오고
울음은 목젖이 보일까 입만 벌리고 깊어진다

사랑은, 근처까지만 온다 근처까지만 와서 울다가 되돌
아간다

저녁의 물음

저녁의 품안 어디에도 없던 개,
턱에 광야의 바람을 물고 맑은 침을 흘리는 개가
수수깡 타는 냄새에 가만 꼬리 치며 물끄러미가 되는 저녁
배고픔은 굴풋한 몸의 창작,
모래 한줌을 노란 좁쌀 한 됫박으로 바꿔주는 속종을
이 심심한 출출한 저녁은 가졌는가

가을날 투명한 손 떨림을 잡아주듯
마른 대나무 마디를 손톱으로 톺아가듯
어느새 그대 눈 그늘 밑에 도사린 불안을
곤줄박이 부리로 쪼아주고픈 살가움을 이 저녁은 지녔는가

사방 구수한 냄새에
까맣고 윤기나는 코만 달려온 개가
저녁 구석구석을 주둥이로 탐문하는 사이
말씀처럼 침이 고이는 다디단 침묵을 지녔는가

으늑한 적막이 괸 운두 높은 접시에
그대의 잔잔한 눈빛과 나지막한 귀띔을
청포묵으로 쑤어낼 솜씨를
이 저녁의 손은 가졌는가

양말을 풀어 던지고 세숫대야에 발 씻어

과꽃 시드는 화단에 나비물 번져 버릴 때

두레상에 모처럼 식구 수대로 수저 내려앉는 된소리가 으
늑한 내게

너의 번뇌는 얼마나 따스한 피곤인가

피곤한 눈맞춤은 얼마만한 다정인가

당(黨)

오래 묵으니
바위에
이끼가 서리어
생사마저
제 식솔을 아끼듯

내겐 어스름 반그늘도
오래된 정치
풀어놓은
결사(結社)

초겨울 호수공원 구석 두더지 두둑을 마지막 발기인대회
처럼 보고 돌아와

무릇
혼자가 적당한
안온한 적막에
슬그머니 거미라도 스치면
이마저도 소슬한 작당

어스름에
겨운
팔등의 소름을 좀 쓸어

술잔에 흘려넣을 때

어디서
마지막 기꺼운 울음 같은
노을을
손짓 부르면
불콰한 꽃집 같은

나머지는 춥고
쓸쓸한 여분
이것으로
맛을 내보자는 간힘,
마음의
당력(黨力)

아프리카 바지

낡아서 헌옷 수거함에 버린 내 입성,
무릎이 나와
내 몸에서 가장 앞장을 선 내 바지를
어느 날 아프리카 청년이 입고 티브이에 나온 날,
나의 남루가 멀리 여행을 갔다는 말이
나를 아프리카 청년의 전생으로 만들듯이

거기, 눈이 깊고 맑은 청년이 좋아라
내가 버린 바지를 꿰고
나의 전생을 첨단의 패션인 양 흙길을
맨발로 뛰어가는 신명 앞에
웃음은 시무룩함에서 튀어나온 무릎같이,
청년의 무릎바지가 건기의 대지와 허공에
명랑한 주먹을 먹인다

건기에는 눈빛이 깊은 처녀를 만나
서로의 무릎에 손을 얹고 강의 물비린내를 즐기네,
악어들도 눈꼴이 시려 강물 깊이 숨어버리고
무릎이 나온 바지의 흑인 청년은
나의 내생(來生)이 되듯
아시아, 그 동방의 무릎이 둥글게 튀어나오듯
나는 내 남루를 즐거워하는 청년을 생각함이
바오바브나무 한 그루의 그늘을 끌어

두 대륙의 무릎이
가만히 서로 맞닿는 기척이려니 한다

무감각

영하 15도 이하로 점등된 아파트로
자전거 타고 돌아오는 밤,
문득 죽은 자들도 추위를 느낄까 그들의 기도는 어디로
갔는가
어머니 아버지 그리고 산사태가 난 백석 천주교 묘지의
외할머니,
몸이 없는데 옷이 한 겹 더 필요할까
다 작파하고 별들의 허방 아궁이에 군불을 지피고
불목하니로서 무릎을 쓸어안고 싶은 밤

추위를 무감각의 살결로 가지려는
저 나무들을 지나치려니
한 번의 소름 뒤에 또 꽃피는 소름들,
살을 벗고 뼈를 추렸는데도 고고한 쾌락처럼
한밤중 뼛속까지 파고드는 추위의 물음들

활짝 핀 꽃에 대하여 바위가 그러하듯
아직 가닿지 않은 곳을 가도 좋지
꽃과 초록과 단풍의 절정을 지나
꽃을 물린 한 열매의 골똘한 주장을 스쳐서
호젓한 낙과의 한숨에
낮달의 미소로 한 표를 주고 싶은 날

무감각에서 사랑의 살결을 꺼내보자는 당신,

무감각에서 농담처럼

절창의 열매를 맺어보자는 기담,

저 청보랏빛 수국도

빛바랜 무감각을 밤바람에 헹궈내듯

아파트 화단에 전직 동대표처럼 헛기침을 하는 것이지요

언덕

곰팡이가 번진 여름의 겨드랑이에
그늘에 겨운 햇살이라도 부르듯
눅진 성냥갑 속의 미소,
성냥개비의 젖은 미소를
하나하나 내어 말리듯 고요가 쌓이고
사라진 숨결이 보태지는 이야기

내 등에 업혔던 그대의 계절은
내 항시 오르내렸던
숨가쁨이 꽃답던 곳

나는 조망의 천재처럼
조금씩 이야기를 모으나보다
조금만 더 살을 붙이면 사랑이 내 팔을 끌어
그윽한 언덕으로 가자 할 테니

거기, 허공에 등을 기대앉아
바다의 결혼식과 하늘의 장례식을 포갠 수평선을
그대 조망의 천재로 날 부르듯
아니 살까 아니 죽을 수 없듯

그대를 바라는 일이 언덕이 되었다

3부

허물을 모으고 포개놓으니 꽃과 같다

철가방 형

나보다 나이가 어리다 해도
철가방 배달원은
든든한 나의 형,
그들은 나보다 배고픔에 빠르다

세상의 만형이 되고 싶을 때 나는
한번 은빛 철가방을 들리라
어머니 당신께는
제상에 못 올리던 복숭아를 데려가고
아버지 당신께도
수육 한 접시와 두꺼비 소주를 넣어가리라

아, 후끈한 스쿠터 휘발유 냄새를 마시며
한낮의 사창 골목에서 클랙슨을 울리리라
짜장면 짬뽕 시키신 누이들!

가슴골에 접힌 오동잎 그늘과 실없는 농담도
나무젓가락처럼 벌려주리라

그대가 부르면
진창을 지나 다리를 건너 한참
들판 한가운데 홀로 선 꽃나무 그늘로
신발 뒤축이 접힌 채 달려가리라

면발 좋아하는 망자들께서도 몸을 내어 오시면
아무려나 저승에도 한 그릇
나만의 외상을 주리라

돌아올 땐 저무는 노을에 은빛
반짝이는 철가방 북을 두드리리라
터엉 비어가더라도 이것이
진짜 그득한 생이라고 믿으리라
나는 세상에서 가장 가방끈이 짧은 가방으로 떠돌리라
날이 어둑해지고 눈설레가 치는 날에
창밖을 내다보는 철가방의 영혼,
배달이 없는 날엔
짬뽕 국물에 얼룩진 두보의 시집을 꺼내 읽으리라

조무래기들

빗물 웅덩이를 핥는 개의 망연한 눈빛과
광야를 건너온 바람이 슬몃 내 팔짱을 끼는 이 가을에
천만장자의 롤스로이스와 백골의 노숙자, 성형미인과 하
천의 기형 물고기들,
세계 도처 근본주의자와 옛날을 오늘로 사는 오지 사람
들,
죽어서도 나를 살리는 어머니와 살아서 미물을 죽이는
나,
문학상을 나누는 근엄한 원로들과 철거중인 사창가를 유
람하는 늦깎이 시인,
홀아비 농부의 마스터베이션과 앳된 사무원의 짝퉁 핸드
백,
능멸과 사랑의 아류, 정치 거물의 대필 자서전과 자위용
일본 로봇의 윙크,
파리 날리는 심부름센터와 변두리 화훼 단지의 연탄재들,
바람에 나부끼는 채권 추심 대행 현수막과 환삼덩굴에 덮
인 들판의 농막,
어디를 영혼의 깊이라고 부르나?
그 밖에 가을에 사고 싶은 춘란(春蘭) 한 무더기,
철거를 앞둔 주택 마당의 개오동과
오지 않는 봉황의 청처짐한 금빛 깃털들

마음은 가끔 번뇌의 창고를 수소문하니, 들판 어디를 뜯

어 바다를 들일까
　골몰과 노역에 길들인 바람은
　생각을 깊이 입어도 몸이 없고 바위에 나무에 한껏 스몄
다 혼처럼 떠나가는,
　우리는 이 가을에 한낱 눈시울이 젖는 조무래기들
　인간의 어떤 위대함을 폭죽처럼 떠올려도
　그만큼 먼지와 능놀고 모래알과 뒤섞이며
　낮달이 비치는 한 바가지 추깃물의 고요를 봐줘야 할 몸
들,
　정신에 공황과 섬망과 불안을 가구처럼 들여놓고
　의연히 세속을 즐기는 우리는 조무래기들

　시를 치장하고 섹스를 거래하고 정치를 타박하는 우리는
　시끌시끌한 조무래기 생모래알들,
　외계와 내면을 한 묶음으로 내다파는 서정과
　우주보다 하찮은 숫자와 매일매일 불륜을 맺고
　엉터리 삶을 의미로 정산하는 우리는 조무래기들,
　한번은 서늘해진 샛강에 발을 담근 채
　청산유수와 독야청청을 불러야지, 복고(復古)하는
　애늙은이 가짜 풍류의 윤똑똑이들

　어쩐다 이 조무래기들의 속종을,
　위선과 정치와 신파와 연애의 생색을

가을빛 단풍으로 치장하는 내 감성의 내막을
우울의 시로 조금씩 내다파는 나는 조무래기,
우주가 내놓은, 어머니가 그 우주의 대리모로 내놓아
한없이 우주의 말석(末席) 중에 말석인 변두리에 처한
나는
사랑이 고르다 남은 우울한 돌멩이, 옆구리가 갈리고
이마에 금이 간 버력으로 나는 술을 마시고
허공을 돌파하는 기울어진 소나무, 죽음과
남은 오입과 천년 전에 미뤄둔 사랑의 관례와 계곡물을
아직도 신파를 주유하고 있는 나는 천상 조무래기,
생살의 은모래가 생살로 우주의 눈썹을 틔운
조무래기의 다솜을 사방으로 수소문하는
나는 결국 혼자 눈을 감고 뜬다

우주라는 집 천장 아래 이 늦가을은
한 겹의 더 깊은 하늘을 마련했으니
미천하고 외롭게 가슴에 영혼에 금이 가라
살아서 가만 미쳐가는 불꽃 칸나의 눈물을 받아 모시는,
우리는
서로의 목숨에 빚을 진 욕망의 빙판의 너테들,
돌은 차고 풀들의 허리는 서늘하다
이제 미지근한 마음의 들판에
이글거리는 불꽃 이파리를 매달고 나아가는

아, 아무래도 우리는 조무래기들
어떤 위대함을 혁명을 지구에 틔워도
우주의 촌구석에 윤뚝뚝이로 살다 지쳐가는 우리는 조무
래기들,
그러고도 남은 말은 미친 누이가 파헤친
어머니 당신 가을 무덤에 바쳐야지
쓸쓸함과 위안의 낮달, 아버지의 부처님 귀에 달라붙던
여치들,
지구 땅별에 티끌보다 작은 시의 귀걸이를 다는
나는 섬을 옹립한 시인 그대 때문에 사랑 때문에
마음에 불이 들어오고 나가는 조무래기,
사랑은, 나의 변방에 사는 말더듬이 귀가 먼 애인
나의 우주 말석 변두리 외주물집 옆에
다리가 셋인 황고라말과 버드나무를 세우고
두꺼비 손을 잡고 파초 그늘에 쟁반만한 연못을 파는 누
인(累人),
사방 다솜의 공깃돌을 매만져 허공에 올려주는
아무래도 누대에 걸친 시의 이끼를 번져보려는
나는 다솜의 조무래기

고사리

냉동 고사리를 녹여
웍에 볶고 있는 걸 기웃대다가
그만
나무 주걱을 건네받아 선선히 볶게 되는 것
이것도 유전일까

부엌 들창으로
이틀 만에 해가 비친다

고사리를 뚝뚝 꺾던 손들은
이젠 무얼 할까
목돈을 셀까 채권 추심을 의뢰하고 뾰루지를 짤까
그러나 한숨 끝에 앙가슴 치던 손을 거두고
늙은 고양이의 눈곱을 뗄까

나는, 가끔 손과정(孫過庭)*의 초서체를 뒤따르다
연애의 버릇 하나쯤 손에 들이려 하네

고사리는 잎이 채 퍼지기 전 눈물처럼 뚝뚝 끊겨
달군 웍의 양념에 볶아진다
부드러움에 고양이 새끼처럼 잠든 고사리,
강퍅한 마음은 어떤 옥생각은
저절 한입 크게 허공에 들어 먹어야 하리

냉동 고사리를 불려 볶다가
뜨겁게 사무친 초서(草書) 한 접시를
탁 소리 나게 내려놓은 테이블도
그대와 마주앉을 그윽한 주소지만 같지
반가이 흡뜬 고양이 눈의 졸음같이
사랑은 절로 맘에 감겨야 하리

* 당나라 서예가로 초서에 능란하다.

입장문

시르죽는 춘란을 마주하고
갈변한 잎새 곁에서
아직 머뭇대는 초록의 난 잎새에게
호오 넌 무슨 입장이 있느냐

문득 공중에 시커먼 점괘를 날리며 짖는 까마귀들한테
바람은
허공을 한 축 빈 족자로 쫙 펼쳐 던지며
검은 소리 명랑하게 써 옮겨봐
무슨 입장이 있느냐

내일은 청와대가 있는 북악산의 어깨동무
인왕산 자락에 시 수업을 가지만
딴엔 내 키를 훌쩍 넘는 바위를 만나
넌 아직 윙크가 없고 검푸른 이끼의 가슴만 묵묵하구나
문득 악수를 내밀려다 등짝을 기대며
오늘은 천만년 중의 볕바른 하루, 내 등에라도
과묵한 입장을 그려줄 수 있느냐

때로 그리운 한숨이 모여 구름의 일처(一妻)라는
내 생각의 소소함은
산고양이는 고욤나무 밑에 탄복한 고요처럼
선득하니 웅크린 짐승,

때로 앙칼진 다솜인 듯
허공을 할퀴듯 내 맘의 손등에 자죽을 내다오
무슨 입장이 있느냐

텅 빈 기도

나의 기도는 가끔 텅 빈 것
해찰 떨듯
문만 열어놓은 기도인 것

무당벌레가 날아가며 지린 노란 액 같은 것
여름의 뒤끝이 후덥지근한
구월의 산그늘이 어른거리다 그친 것,
언젠가 천안의 한옥 카페에서 본
내용이 없는
텅 빈 족자의 바래가는 한지 살결처럼
슴슴한 내 기도는

때로는
기도의 말문이 막혀 감도는 먹먹함을
내 기도의 도량으로 삼은 듯한
그런 바림만이 그윽한
여백의 수묵처럼

마구 하늘에고 땅에고 사람에게
욕을 해대는 시장통 한 사내가
급히 지나쳐간 뒤끝 환한 그늘처럼
나의 기도는
뭔가 다시 찾을 마련이 드는

그윽한 가난처럼

혼자 밥 먹을 때
싱크대 쪽 들창 역광처럼 환한
나의 기도는

기도로 가는
텅 빈 기차의 일렁임 같은
나의 기도는

습득(拾得)*

공원 화장실에서 바지춤을 추스르며 나오는 당신,
왜소한 몸집인데 그 미소엔
칠 척의 해바라기 웃음도 뒤처진다
궁색마저 배설한 웃음기에 머리를 긁적인다
화장실을 안방처럼 쓰고 나와
호젓하구나

소갈머리가 없는 더벅머리는 저 홀로 계관(桂冠),
그 처음은 가난이지만
그 나중은 속 모를 넉넉함,
그중에 들깨 냄새 감도는 너스레도 푼푼한 거느림,
세상은 모두 그를 가난이라는데
내 풍요가 자꾸 한마음 꾸러 간다

가만가만 웃고 벼락처럼 꾸짖고
버들처럼 능청맞고 이끼처럼 소슬하고
가을이 반 미쳐서 온 맑음이면
나머지 반은 내가 끝 모르게 미쳐갈 맑음들,
이 가을에 나는 습득되었다

이 영원의 여줄가리, 나는 습득으로 풀렸다
풀 이슬을 차며 내 얼룩을 묽히는 것도 가을의 버릇,
재채기를 푸른 솔잎처럼 쏟다

콩중이 팥중이 뛰는 돌밭에 누워
당신과 나는 번민에 돌려 먹을 웃음의 떡이 있듯
이 가을에 습득되었다

* 〈한산습득도(寒山拾得圖)〉에 나오는, 은둔 신선의 삶을 산 습득을
아울러 가리킨다.

시방 나는

나는 시방 아득한 발해의 유민처럼
에둘러 허기를 빌미삼아 저잣거리를 헤매지
신라 화랑이거나 소도의 백정이거나 짝눈의 서생이거나
나는 시방 먼 앞날의 거적눈의 점쟁이가 보기에
변두리 강가에 카페 소국(小國)을 차리려는 퇴직자거나
어령칙한 먼 앞날의 관상가가 보기에
옛사랑을 몰라보고 오늘을 재장구쳤으니
묵묵한 열매의 눈총이 흔들리는 그 나무들 아래
대본 없는 오늘을 잘살아보려는
미래의 훗날 자식이다

나는 오늘이 옛일로서 미래에 그리워지도록
아니 오늘로서 옛일이 앞날의 마음에 마뜩하도록
자꾸 몸을 맘을 맞춰가고 미래의 고답(高踏)이니
옥생각을 덜어 남루의 맘을 고쳐 입는다
편벽을 덜어 미래의 훗날인 오늘을 수리하는 일,
나는 시방 앞날의 내게 오늘의 내가 잘 맞도록
바람 속에 번민을 고쳐간다
번뇌는 영혼의 움직씨, 질 좋은 고통의 화력이지
원하지 않았으나 나를 바라는 나무가 나를 얻을 때까지
나는 시방 미래가 과거 나라에 보낸 파견자다
증오의 바닥을 파서 사랑의 샘을 얻어보자고
나는 시방 변방을 지극히 아껴 보는 사람,

나는 시방 광활한 나라의 평화로운 폐허에 와서
이제 미래를 복기하듯 오늘이라는 옛날을 다시 쓰느니

허물을 모으고 포개놓으니 꽃과 같다
생각은 어둠에 맞는 먼동의 옷을 입으려 하고
거꾸로 놓은 앞날의 모래시계를 되짚어놓고
나의 미래의 훗날을 오늘로서 되살리는,
가만히 노래하면 얼음 속에 수런대는 풀들
마음에 거둔 적 없는 다솜을 걸어가라 흔들리는

코사지

난생처음 통도사 문학 행사에 가니
가슴에 헝겊 꽃을 달아주었다
몇 세의 윤회를 거친 듯 물이 빠진 꽃을 달고
부처님 앞에서 뭐라 웅숭깊은 법문도 듣고
큰스님 축사와 수상하는 사람들
더불어 부처님한테도 괜히 박수를 쳐드리고
이윽고 대미를 장식하듯
대웅전 돌계단에 모여 사진도 크게 한 방 박고
모두들 공양간으로 밥 먹으러 가려던 찰나였다
어느 보살님이
앞을 가로막고 코사지 주세요 한다
코사지요 나는 한순간 삼천대천세계를 휘돌아
내가 이 보살님한테 빚진 게 무얼까
내 전생에 수행하다 파계한 절터가
아마 코사지(址)라는 건지도 모를 거야
제풀에 해발 몇백 미터 암자 주변을 돌아보는데
왜 그렇게 시침을 뚝 떼시냐는 듯 빙그레
보살님은 내 가슴에 달린 꽃에 눈총을 쏜다
아 코앞에 두고도 모른 이 꽃다발이
어리보기 내 눈짐작으론 코사지였다
나는 모르는 걸 시침뗀 전과자의 가슴에서
화사한 절터를 건네주고 훈방에 이르렀다
그런데 또 한 보살님이 와 가로막고

잘 쓰셨지요 코사지 주세요 한다
아 그 절터요 이미 제 가슴에서 받들어
고이 모셔갔는데요 했더니 한발을 놓친 보살님이
순간 허기진 미소를 띤 채 구름 저편으로
꽃이 바랜 절터를 옮겨 구름보다 더 가벼이 사라졌다

장인

장인은 만날 때마다 내게 무얼 하느냐고 묻지요
글을 조기처럼 낚아 말리는 내게 치욕이 솟고
서른 해 가까이
발등을 찧는 시를 캐내는 내게 섭섭함이 돋지요
맛과 양만으론 성에 차지 않는 식도락가처럼
당신은 다시금 생활의 입맛을 쩝쩝 다시지요

은퇴한 지 서른 해가 가까운 당신이
만날 때마다 소일하듯 무얼 하느냐고 내게 묻지요
어느 날은 그런 물음이
천둥번개의 불화살을 내 정수리에 꽂으나
어느 날은 그런 눈길에
나는 광야에 내쳐진 가을의 비창과 능놀았지요
또 어느 날은 이런 노골적인 질문 끝에 당신이 종신의 한
직을 얻었다 싶지요

난 잡문을 쓰고 생활을 비호했으나
당신은 여전히 무얼 하느냐고 묻지요
나는 이제 크고 조용히 웃어 보일 차례가 됐지요
부용꽃처럼 웃고 광야의 바위처럼 묵묵한 실존의 시럽을
당신의 입맛에 흘려줄 때가 됐지요

당신의 물음이 실골목처럼 답답할 때도 대로변처럼 허심

할 때도 지나쳐

　내내 굴비처럼 생활의 곡절을 엮고 돌부리처럼 시를 캐

냈으나

　내내 꿈결에도 내가 무얼 하는지 묻겠다고 웃지요

　무심을 거쳐 무아를 엿보려는 내게

　끝끝내 당신은 내게 화두를 일삼는 조실(祖室)이 되겠다

　물음이 끊겨가는 내게 물음의 책을 엮어주겠다니 허공을

다 삼켜 웃지요

무극(無極)

간밤에 술 취해 벗어놓은 양말에
기념회서 받아온 유고 시집이 포개지고
어둑새벽 코를 골다 깨니
먼저 간 시인은 이러려고 사후의 새벽을 낳은 듯
희미하게 미소로써 밝히는 시간의 인중들

먹고 마시는 일과
눈 감고 긴 잠에 걸린 꿈의 한 소절,
우리의 마지막 옷은
누군가가 벗기고 입혀줄 번민의 진술처럼
주워온 책장의 돌은 묵묵히 웃고

알아도 절벽처럼 막히고
몰라도 광야처럼 트이니
잘만 키우면 번뇌에도 꽃이 버는 일을
마음 항아리에 마른 짚 한줌 깔고
영혼처럼 홍어 한 마리 넣어 삭히는 일
삐걱대는 나무 대문
불립문자의 기러기떼
아, 파란을 한 모금 마신 뒤끝의 한숨
구름은 밥 먹어라 오랜만에 손짓하는 어미 같고

꽃이 오는 보폭을 재는

역광과 반그늘의 눈금자,
그 곁에 제자리서도 엇박자를 놓는 나를
그대가 문득 다가와 내 가슴에
사다리를 놓듯
턱, 하니 그대 눈총을 드리우는 날

골동
—나[我]

왼손으로 오른팔을 쓸어보니
무슨 생각인가 언제 적 소름이 반가이 돋았다
그런 적적하고 뜨거운 방안의 공기들,
내 첫울음을 담아봤을
윗목 선반의 기명(器皿)과 돈독한 먼지들

주먹을 쥐면 그 고풍이 손에 잡힐까
첫울음이 번졌던 공기의 내력을
물끄러미 지켰을 신기의 골동들,
새침했다 듬쑥해진 침묵들
흙에 묻혀 촉(燭)이 돋았을 풀의 옛 생각

어느 날 나는 나로부터 가만히 배워 나온 물건,
그윽한 영혼을 꾸미기 전 옥생각을 주물러서
감정의 호흡마저 나무에게 건네주는
사막과 광야로부터 동터오는
나[我]라는 외딴 물건

그대 눈빛을 끌어 저울질하는 생각이라는 물질,
너무 번지거나 번지지 않아서
번민이 파다한 나[我]라는 물건,
햇빛을 부르는 그늘의 나에게
번민도 값진 물건, 다솜을 건사하는 반그늘 같은

언제부턴가 늦된 물건인 나를 버드나무 자란 육교를 걸 ̄
리며
툭 트여갈까, 셈평을 흔드는 가을 여뀌 곁에
갓 맑은 쓸쓸함마저 골동이라네

먼동

귀를 턴다
잠결에도 귀가 환해서
어디에도 없는 옆방에 시르죽다 깬 꽃이 세 드는가

악몽이 악몽을 다 이루지 못하고
지쳐 슬금슬금 뒷걸음을 놓는 터,
옆방에
가난을 매일 맑히어 쓰는 구제(舊製) 같은 시인이
세 들어 사는가

그 소리에 가차이
때늦은 동침의 생각,
온몸이 다 열리는 게 부끄러워
다시 여며봐도 소용없는 밝음인 것

저만치 가만 징검돌을 밟듯이
으늑한 빛의 걸음걸이들,
눈을 질끈 감아도
소용없이 밝히어오는 사랑

나를 부르듯
빛의 다리에 주리를 넣고 트는 소리,
어디서 기꺼운 마련이 드는가

날마다 소멸의 솥에 안치는
들창에 가득 쓸리는
갈대꽃 닳는 소리들

전대미문

공기가 달라졌다

매미가 방울벌레에게 넘겨준 목청도
어둔 별처럼 가물가물해질 무렵
공기의 뺨이
보조개가 팰 때처럼
여름꽃 스러진 데
국화가 슬며시 피었다

등신의 꿈을 꾼 새벽,
너무 요상해서
갑자기 말문이 트인
벙어리의 어쩔할 바 모르는
저 화색을
이 세상 어떤 돌로도
눌러놓을 수 없듯이

바위는 의젓한 척
국화에게
엉덩이를 조금 들썩여 비켜준 것

그 자리
전대미문의

말문이 트인
저 맑고 쓸쓸한 생색들

아무래도 천지간
연애가 트이려나봐

역광

뭔가 심상하게 놔둔 게 있는 듯
주방 쪽으로 가면
싱크대 들창 밑이 드물게 환해서
새삼 무슨 고백이라도 들어줘야 할 듯
그러나
준비 없이 다가선 발길에 대책 없이 환한 저녁 빛의 눈매를
그저 가슴에 앞치마처럼 둘러볼 수밖에 없듯이
주춤 서 있는 것

덩그러니 개수대 설거지 그릇들도
그 슴슴한 미소들같이
이 주방 쪽에 들인 저녁 빛엔
여느 때 써먹지 못한 연애의 선한 눈매를 빌려
일렁이듯 잔물결을 받는 그릇들

여기 말고 어디?
그대, 라고 말해봐도 좋은 세상이
잠시 이쪽으로 고갤 돌릴 때의
그 환하고 쓸쓸한 눈총에
내 가만한 손등을 적시는 듯이

사월

초저녁의 뒷수발 같은 바람은
저무는 꽃들의 등짝을 씻기네
돌무더기를 들춰 두꺼비와 눈을 맞추듯
그대 손등에 내 손등을 포갤 때
묵은 폐가에 깜빡 불이 들어오고,
흙바람에 눈을 비비는 늙은이여
곰솔 밭에 흩어진 모래알로
동해 바다 용오름의 말을 점괘로 흩뿌려주오

바람에 날린 흰 파도 거품이 달려와
나의 종아리에 매달리는 사월 바닷가,
마흔 줄 아니 오십 줄 예순 어름
우리 동네 귀배 여자의 생머리 하나만은
늘씬한 청초 버들가지라서
혹여 뒤따르는 홀림 있거든
눈이 좀 멀어서 와도 좋겠네
알아보면 어두워지는 꽃
몰라봐야 환해지는 꽃

나도 그대가 어두워 저녁 바람은
대문간의 모래 섞인 사잣밥을 쓸다 가고
어느 아궁이는 영영 식어 오소리 굴이 되고
어느 저녁상엔 번민이 참 따뜻하게 차려지네

4부

그대라는 말도 수국으로 시들었으니

가을 무릎
―여음(餘音)

반바지 아래가 선득해
무릎을 한번 짚었을 뿐인데
그대 생각이 맨살로 만져진다

바람에 수런대는 풀벌레 소리,
눈시울 그렁한 낮별들 먹먹한 새소리,
울다 그친 아이의 찬 딸꾹질 소리,
찬밥처럼 굳고 꾸둑해진
엊그제 천둥소리,
숯덩이 하나 푸시시
비 웅덩이에 가슴 삭이는 소리

내 무릎 속의 그대
징검돌처럼 짚어
가을을 건널 때

슬픔이 고요해진 눈빛 같은 거
사랑이
틀어놓은 옛 축음기 같은 거
내 무릎을 짚으면
방금처럼
그대 눈길이 다녀간다

달빛의 추임새

경비 아저씨가 부지런해도
구석의 단풍을 다 쓸지는 못해
바람 빠진 자전거마냥 여럿 정거해 있구나

만남은 잘 다녀가고
이별이 정거한 자리,
묵은 별들이 다 돋기 전까지
자전거를 비루먹은 남방 물소처럼 몰고 와
흐린 달빛에 높이 비춰 보는
번호 키 자물쇠여

달빛을 온몸에 쐬는데
주변이 더 기웃대는 말없는 수군거림을
자전거를 매며 모른 체하듯
달빛이
침침한 반색으로만 번진 어둠을
누가 다 물어볼까만

달빛을 다 꺼내면
호젓한 어둠이 다 호송돼 갈까보다
그러니 달은 침침한 짐승
일부러 눈을 그믐처럼 가늘게 뜬다

점괘

나 대신 누가 용하다는 점집 점쟁이한테 봐준 점괘에 의
하면
나는 누군가를 칠 년여 도와주다 세월을 좀 까먹은 모양
이다
뭐 그런 일이 없는데도 누굴 도와줬다는 기억이 도무지
어렴칙해
괜히 어느 선량한 이의 점괘를 내가 훔쳐 쓴 것은 아닌가
무안해지는 것인데
아무려나 그런 마련도 없이 누구에게 선심을 썼다니 그건
과거의 일이 아니라 앞으로의 점쟁이의 당부 같은 것이
려나 싶은데
또 무슨 선심인지 음력 2월과 가을녘과 초겨울 달에
좋은 재수가 찾아든다고 자신 있게 못을 박으니
그간에 못 이룬 재수며 복들이 어디 내 마음 으늑한 데 숨
었다
그 점쟁이 선심성 공약에 없는 복을 찾듯
점집은 더러 북새통을 이루기도 하는 것이다
점괘란 그런 것이다 없는 것들을 있는 것이다 말하면
드디어 바람도 몸이 생겨서 그 몸을 보게 되는 것,
원래 팔자에 없던, 있었으면 하는 것을 인생의 창 내다
볼 때
거기 없던 팥배나무가
언젠가 옮겨와 심으면 팥배나무 있는 선처가 되리란

아주 은근한 발원의 정화수가

어느새 마음의 뒤란 같은 데 놓이게 되는 것

그러니 너도 한번 그렇게 살아보란 말이야

전에 없이 제 팔자에 주문서를 새로 써보는 것,

원래 그렇게 태어난 조합을 다시 흩뜨려서

제가 다시 조리해 먹고 싶은 인생, 컬래버레이션이라든가

크로스오버 같은 말도 그런 것 짜장 짬뽕을 한 번에 먹는

짬짜면 같은 것

다시 개운(開運)을 열어보자 점괘를 보러 가서는

어디에도 없는 점괘를 보수하고 퇴고하고 오는 것이

꼭 내 가난한 시편과도 같다는 말씀

태초의 혼돈이 나와 당신을 분명한 어느 훗날의

한 점 혼돈의 눈 코 귀 입과 암캐와 수캐 같은 나눔으로

낙점이나 했겠느냐면 그거야 하느님도 모르지, 라는 점괘

의 순리인 것,

그러니 지지리 궁상, 한마디로 지리멸렬의 점괘는

모른 척 뒤로 물려놓고 내가 반조리해 먹은 인생

3막 2장의 자율 배식 혹은 차려진 것들 뒤섞는 뷔페 같

은 것

어디 그런 봄날의 해찰 떠는 일들로

구리구리한 으늑한 점쟁이 팔자에도 새 봄볕의 복채가 드

는 것

님도 보고 뽕도 따자면 다 낡은 것이 혁명과도 같다는 것

— 그대라면 최신의 그대여야지 싶은 다 낡아빠진 생각,

돌팔이 주제라야 엉뚱한 새것들이 마구마구 새로 선뵈는

것이지

—

생색

고욤이라 말하면
고얀 놈,
이리 고해 듣다가
어느 땐
고운 님, 이리 엿듣기도 하다가

겨울 들어 더
빛깔이 주리를 트는 맛

소슬한 늦가을
연고동색 고욤이
종착역인 줄 알았더니
슬그머니
더 갈 데 있다는 듯
콧등이 시린 별빛 아래
서릿발 플랫폼을 미끄러져 나아가는

드디어는 굴껴
고얀 놈 고운 님 다 얼싸안고
청동의 황금빛
심장이 쪼글쪼글하게
웃고 있는
저 만연한 생색이라니

맨발로 지구를

아무리 벗어도
맨발은 외설스럽지 않네 어느 날은 나도 맨발로
뜨거운 자갈밭 서덜길을 걷는 성자 흉내가 다녀간다
또 어느 날엔 홀로이
맨발에 어설픈 가부좌를 틀고 앉아
싸구려 춘란에 이는 오월의 바람을 엿듣는
한량의 옆구리를 지녔다

어느 꿈속에선가 바람 부는 들판의 풀들을 밟고
나는 맨발로 풀 이슬을 차면서
그 모든 마음이 맨발로 내려가
머언 사랑의 광야를 내다보듯 걸었다
내 몸의 모든 치도곤이 냄새를 풍기던 시절을 벗고
그대와 한 여울물에 발을 담근 채
발가락 꼬무락거리는 물속의 말을 보느라
입이 쉬고 손이 한갓지고
눈이 지긋해질 때
귀에 밝아오는 맨발의 기척이여

아 새벽 오줌보를
그 둥근 물꼬를 트러 욕실 바닥 맨발로 디딜 때
새삼스레 지구의 등짝과 내 발바닥이
악수하듯 서로 마주한 기척,

나는 어느새 맨발로 지구의 오목가슴에
청진기를 대듯 가만 서 있는 게 아닌가
가까이는 아프고 멀리는 호젓이 낙락한가
그저 그만하신가
그대 지구 땅 별 저편에
나처럼 모래사막 가운데 발을 묻고 계신가

풀밭에서

이유 없이 눕고 싶다
눕는 게 직업인 사람처럼 눕고 싶다

사흘돌이 세차던 빗소리도 이 맑은 햇볕 속에 눕히고
가만히 팔베개를 내주고 싶다

맘이 긁히던 옥생각도 곁에 눕혀
두꺼비집 놀이처럼 토닥이고 싶다
구제 옷 같은 번민도
바람에 풀기 전 벗어 눕히고 싶다

하릴없이 풀밭에 누우면 지구를 밴 듯
어령칙한 전생도 송장메뚜기처럼 튀고
쓰을쓰을한 여치 소리도 한 꾸러미 얻어든듯이
눕는 게 천성인 사람처럼 눕고 싶다

자전거도 눕고 오토바이도 눕고
누워 있는 돌도 다시 한번 고쳐 누워
골똘함이 발랄함으로 모로 눕고 싶다

초록에 황금이 더해지는 풀밭에
환생의 독을 게워낸 배암들도 능놀고
두꺼비 게으른 걸음이 구름 그림자에 걸리고

흙으로의 입수를 물린 가을 두꺼비도 흙 파던 발을 쉬고
배때기 뒤집으며 내 곁에 눕고 싶다
그런 뒤 한번 거하게 눕는 하늘, 풀밭이고 싶다

엘리베이터

이 단순한 기다림을 나는 기다린다
지하 삼층 혹은 사층에서 붉은 신호의 관이 올라온다
그 어느 무덤 속보다 어웅한 데서 올라오는
이건 무덤보다 아래 묻힌 약속을 끌어올리는 거다
주검보다 아래 눌러 내려갔다가
부르듯 누르면 올라오는 이 삼엄한 기척들,
나는 예부터 오늘에 이르는 길을
이 웅숭깊은 사각의 우물 속에 빠뜨려선
내 앞의 면벽은 순간 벽이 깨지며
공간의 미소를 엎지르는 두레박이 닿는다

무덤보다 웅숭깊은 궁륭, 주검보다 아래 놓인 여름, 무덤
이 부풀려놓은
묏등의 관능, 그러나 천사가 내려오면
딱 멈추었을 허공의 어디까지
이 문짝을 단 두레박은
무심한 듯 허공과 땅속을 한 우물로 판다
그러니 수평에 열리고 닫히는 수직들,
오오, 쓸쓸한 수작들

모르는 인사라도 해야겠다 가을엔
노란 국화분을 안고 무덤보다 아래 내려갔다 겨울엔
호빵을 한 봉지 안고 옥탑의 십자가와 눈을 마주친다

그럴 때 봄은 같이 타자며 뒤늦게 달려오고
악인은 천사를 삼킨 듯 반쯤 환해진다
소시민은 얼마나 큰 부유세를 낸 기분일까
야박과 천민이 등 떠밀려 타고 올랐다가
귀족과 연민을 슬쩍 옆구리에 낀 채 같은 한 층에 내려온
다면
천상천하 두레박에 함께한 우리들은
새로운 출가와 세속을 맛보다 나올 게다
늘 그 땅에 새로운 땅이 밟히는 게다

땀과 눈물

무슨 일로 눈물을 흘리는 사람을
땀흘리며 바라보았다
그럴 때 땀은 눈물을 흘렸다

눈물도 땀을 닮아가듯
가만히 한쪽 뺨을 타고 흐르는 여울,
그 적막이 바람을 닮아가듯
내 땀들은 모두
눈물을 그렁그렁 닮아가듯

이마가 흘리는 땀의 눈물
콧등에 맺힌 땀의 눈물
눈시울에 어린 눈물의 땀
관자놀이를 타고 별똥별처럼 흐르는 눈물의 땀
인중과 윗입술에 짭조롬해진 눈물인 땀

너는 어찌 그리 사랑을 타고 났느냐
나는 어찌 사랑을 모를 수 없느냐

눈물을 보니 땀은 눈물을 타고난 것 같네
땀을 보아하니 눈물로 먼저 한 생을 살았던 거 같네

무인점(無人店)

손님이 주인 노릇을 하는 가게,
어리보기가 와서
윤똑똑이가 되는 가게가 있다
물건값을 치르지 않으면
하느님만 아는 외상이 되는

은행잎 날리는 한낮의 교외,
시외버스가 지나간 자리에
나는 종점처럼 서성이고
이 가을날은 무인점,
바람이 어디 빈지문의 멱살을 잡고 사정하듯
사랑도 제 속종을 팔아보려는 무인점

그대를 사고 싶으나
그대를 다 살 수는 없는 무인점,
빈 거울만이 손님을 맞고
거울 속의 손님은
어느새 주인의 눈빛을 닮아가는
짝눈의 왜소증 사내가 앉을깨처럼 제 훤한 정수리를 내
미는
짐짓 하루는 천년과 등뒤로 손을 잡아보듯
먼 들녘을 내다보다 누구라도
잠시 손님이 주인을 사는 무인점

117

초가을 이부자리

한때는 더워서 걷어찼으나
지난 새벽엔
모처럼 그대 생각처럼
이별의 서늘함도 끌어당기네

방울벌레와 귀뚜라미 소리의
귀퉁이마저 끌어당기니
숭숭한 이불이 되는 듯
잠결에
몸을 뒤집어 감아버릴 때
드러난 허리 한 뼘 소름도 선득한
요이불이 되는 듯

선뜻 깨어나
둘러보는 아침이면
이불도 요도 없는 말간 방바닥,
더듬어
문밖 광야까지 태평양 너머 갔다 돌아오는
손끝에
방바닥의 얼룩이
일그러진 미소로 번지는

말갛게 개켜놓고 간

그대 적막이듯

여기 볕이 가만한 날

모든 패배를 개켜놓고

모두 승리가 만연한 날

개를 만진 손으로

당신은 손을 씻고 오라지만
떠돌이 개를 만진 손으로 터럭마저 깨끗할 리 없다지만
나의 손은 붉은 시루떡을 조금 헐어 먹을 때
뭔가 안 써먹던 영혼이 눈을 뜨는 거 같은데

개의 목덜미를 어루만진 손으로
나는 늙은 천사의 날개를 더듬고
개의 사타구니를 스쳐온 바람의 손길로
얼음에서 풀려난 진흙의 얼굴을 더듬네

개의 전생을 더듬은 손길로
물오른 자작나무 흰 가지에 악수를 청하고
옴두꺼비처럼 웅크린 돌의 등을 쓸어주네
영혼의 내장을 환히 비추는 가을볕을
방아깨비처럼 손등에 얹어보네

시를 외듯이 울림이 큰 개여
당신과 내가 천치처럼 웃어보리니
못할 것도 없지 들판에 구르는 해골과
해묵은 농담과 천기를 주고받듯
먼 광야에서 온 구름의 그림자 똬리처럼 머리에 이고
어느 섬으로 가는 뱃길을 열자 술로 담판을 짓듯이

개를 만진 손으로
개와 내가 몸 바꿔 능놀던 전생도 있겠지
거기 연리지로 서 있던 동물 같은 나무들
이제는 개의 뼈와 살로 바뀐 환생을
가만히 쓰다듬어보듯이

잉어

잉어 보러 가야지
가만히 혼잣말을 하면
허공에 지느러미가 돋고 바람의 입꼬리에 잉어 수염을 다
는 말,
잉어, 잉어 만나러 가자

늦잠에 어질러진 이불을 개키고
지난밤 듣그럽던 소리들마저 전생처럼 개키고
잉어한테 가자
잉어의 수염 당기러 가자

막내딸
여드름이 이쁜 사춘기 막내딸과 손잡고
서늘바람에
건빵바지에 진짜 건빵 한 봉지씩 차고
잉어한테
물면의 고요한 서커스를 보러 가자
수염은 언제 그렇게 길렀느냐고
농담도 진담도 반쯤 풀린 물빛,
시장기는 그 절반쯤 풀고

잉어 보러 가자
여름내 가물었던 물빛을 보러

오늘은 신발에 쇠 징이라도 박은 듯
절그럭절그럭 시멘트길 걸어가는 생색이 좋고,
잉어는 물 밖에 수염 내고
허공에 입을 맞추는데
딸아, 너도 수염 날 때까지 그리운 것을 살아서
어느 날 나처럼 네 딸아들에게
물가에 잉어 할아버지 보러 가자 해라
나더러 언제 하늘 돌아 호수에 들었냐
배고픈 눈물 그렁그렁할 때
번데기 건빵 던지며 물어보라 해라

괴석과 호박말랭이

그 봄날에 산기슭에서 데려온 괴석은
베란다에서
유배를 살듯 제 적막을 그림자로 늘였다

여름날엔 파란 물조리개로 가끔 물을 주었다
잎을 내라고 하지 않고
꽃 같은 건 바라지도 않고
열매는 생기거든 너나 묵묵히 되먹어라
흥건히 물을 주어도
이건 아무래도 제 옛 살라비에서 떼어놓아
묵묵한 그늘만 보태준 것 같다
가끔 못 보던 눈길을 마주친 듯한데
나비눈을 피하게 되는 저 침묵의
응징이라니

그러고도 가을날, 관을 싸들고
산그늘 술렁이는 산으로 간 사람도 있으나,
저 무춤한 괴석은
딸들이 서툰 칼질로 썰어놓은 호박말랭이를 엿보곤
무르고 여린 것들과 신혼처럼 새뜻해하였다

한나절 햇볕에 쪼글쪼글 오무래미가 된 호박말랭이들
눈웃음을 감추며 바라는 소일(消日)이

저 과묵한 작자에게 생긴 듯도 하였다
가을엔 그 무엇도 죽지 않아 배가 고팠다
얼핏 뱃구레가 보이는 괴석에게도 저녁이 빨랐다

들판에서

두 귓바퀴에 바람을 걸고 들판으로 간 적이 있는가
들판에 홀로 선 왕버들과 푸르게 눈길 악수를 나눈 적이
있는가

도심을 모르는 풀들을 바짓단에 달고
바람의 세례를 받은 적이 있는가

묵묵하여도 쾌활하구나
사소하고도 대범하구나
쓸쓸하고도 다정하구나

들판의 돌들이여,
내가 손으로 쓰다듬으면 커다란 두꺼비처럼 눈을 껌벅거
리며
우주 저편의 눈물을 달아 내리는 돌이여
그대가 풀을 밟아오면 풀물 든 시간을 새기는 돌이여

짐승의 갈기를 벗고 땅의 갈기로 돋은 풀들을
바람은 햇빛 속에 온종일 쓰다듬고 있나니
집 한 채 세우지 않고도
이 넉넉한 쓸쓸함을 온몸으로 한잔 받아 마시나니
나에게 사랑의 속종을 묻는 그대여,
내 실존의 뒷문 밖에는

아무도 사들이고 거닐지 못한
다솜의 들판이 있나니

비가 오고 햇빛이 들고 눈보라가 치는
은애하듯 야인을 길러내는 들판이 있나니
말이 오면 천리만리를 열어주고
그대가 오면 백발성성한 사랑의 오두막을 지키는
들판이라는
텅 빈 뒷배가 있나니

식물의 손길

그대라는 말도 수국(水菊)으로 시들었으니
더운 술기운과 함께 잠들었다
나는 태초로 깨어난 듯
어둠을 두리번거리네

무심함으로 덤덤함으로 신(神)이 도는 어둑새벽,
이 어둠의 술에 번진 나를 어찌 그릴까
어눌하게 뭉개둔 내 사랑마저
저 저만치 이끼 묵은 바위로 버려둔다 할까

어둠이 내게 선처를 정한 듯이
어떤 말의 입김을 쥐어보자 손을
잠이 덜 묻은 손이 어둠을 한줌 쥐었던 것인데,
봄날 오일장에서 데려온 춘란 몇 촉이
잠결에 제 손목을 잡혀주었네

청처짐한 잎과 줄기는
아 그 뿌리까지 당겨 내 아랫도리마저 더듬게 하는
서늘한 영혼의 촉수여서
마른하늘에 먹구름을 불러내듯
먼 사랑의 우레마저 예 끌어당기네

발문

필멸의 경계에 서다

최형심(시인)

밤이 내리고 이 몸은 이제 "먹고 마시는 일"로 한 생을 소진하고 "눈 감고 긴 잠에"(「무극(無極)」) 들려 합니다. 영원한 잠 속으로 빠져들기 전 마지막 인사를 나눌 이가 없다는 것이 슬프면서도 한편으로는 홀가분하기도 합니다. 여러 번의 생을 살았고 죽음이 처음도 아닌데 이상하게 낯설게 느껴집니다. 다시는 환생하지 않기를 그저 소망해볼 따름입니다.

언젠가 말라르메는 인간은 물질의 허망한 형태일 뿐이라고 말한 적이 있습니다. 물질에 불과한 육신을 허물면 인간은 영혼만 남아 어디론가 흘러가게 될 것입니다. 흐르는 모든 것은 어디로든 갈 수 있지만, 어디에도 머물지 않는 법. 저는 지금 번뇌에서 벗어나 진정한 자유를 얻으러 가는 여행의 출발점에 서 있습니다.

엊그제 누가 병상에 시집 한 권을 가져와 먼길을 준비하는 저를 위로했습니다. 시와 함께 마지막을 보내는 것도 나쁘지 않아 기쁘게 받아 읽었습니다. 시인은 현실을 마주할 때는 그 누구보다 예리한 눈빛으로 모순을 파헤치다가도, 어떤 때는 마치 거듭 몇 번의 생을 살아온 사람마냥 예스러운 말들을 풀어내어 선비의 고고한 향내를 풍기기도 합니다.

환영을 보는 일이 잦아지면서 때로 시어들과 제 지난 생들이 겹쳐지곤 합니다. "내 영혼과 뺨에/ 불의 입술을 맞추고 간 전생"(「부추전」)을 생각하며, 내 가여운 영혼은 "시방 아득한 발해의 유민처럼" "저잣거리"(「시방 나는」)를 헤매고 있습니다.

우리는 아주 오래전에 이 세상을 다녀간 적이 있습니다. 저는 우리가 전생에 나눠 가진 "꿈의 한 소절"(「무극」)을 마음에 새기고 환생했지만, 당신은 이번 생에는 함께 오지 않았습니다. 그 사실을 처음 알게 되었을 때, 마치 "광야"(같은 시)에 버려진 듯싶었습니다. 제게는 절대자와 다름없는 당신이라는 존재의 부재는 인생에는 근원적 결핍이 존재한다는 사실을 절실하게 느끼게 했습니다. 마치 이 세상이라는 "소도"에 "백정"(「시방 나는」)으로 유배된 것 같았습니다.

"모래시계를 되짚어놓고"(같은 시) 시집을 읽어갑니다. 그리하여 이 몸은 시인의 말을 빌려 "광활한 나라의 평화로운 폐허에 와서/ 이제 미래를 복기하듯 오늘이라는 옛날을 다시"(같은 시) 쓰고자 합니다.

수수억 년 전에도 이런 초록의 매트가 번져 있었지

초록 보료 위에 붓다는 처음 번뇌의 시동을 걸었고, 장차 멸종을 앞둔 짐승들 홀레붙는 그림자를 이끼밭에 드리웠지

빙하기를 견디다못해 무성생식을 시작했지 훤칠한 일이야

나는 춘란의 말라가는 뿌리를 감싸기 위해 이끼를 북어

처럼 뜯어 감쌌네

　꽃도 열매도 없지만 남루하진 않을 걸세
　겨울인데 초록을 쌈짓돈처럼 꺼내드는 늡늡한 마련의
수천 세기, 여기 와

　여기 누워봐, 두 손을 내려 네발짐승처럼 가만가만 이끼
짚으며 어슬렁거려봐

　작심만 해도 여긴 소슬한 데뷔지, 짐짓 한 생각 내려놓
듯 기꺼운 마련이 생기지

　술방울 몇 개 구르고, 먼 천둥소리도 잔업 마치고 와서
모로 누웠네

　이 심심하고 담담한 내음의 빛깔을 반야의 속종으로 알
거야

　인멸을 모르는 초록의 어스름, 결별을 모르는 만남의 먼
동이 예 서렸으니

　주검을 눕혀놓으면 너무 편안하다 가만 죽은 뒤에도 생
각이 번지는 몸을 어쩌나

식물원에 수형된 풋것들은, 가끔 여길 떠올릴 때 호젓한 기색이 만연해

누군가 예 와서는 말이야, 생각 없이 눈물 흘리는데 너무 벅차고 고요해

　　　　　　　　　　　　—「이끼 반야(般若)」 전문

'이끼'는 시집 전체를 관통하는 상징입니다. 이끼는 해탈의 상징이 되기도 하고, 죽음의 표상이 되기도 하고, 때로는 "조무래기"(「조무래기들」)나 "노각"(「노각」) 같은 단어로 대체될 수 있는, 세상 가장 낮은 곳에서 무시당하는 존재의 상징이 되기도 합니다.

범어로 프라즈냐(prajñā), 즉 반야는 깨달음을 통해 얻게 되는 근원적인 지혜를 이르는 말입니다. 불교에서는 반야에 이르기 위해선 집착해서는 안 될 것에 집착하는 어리석음을 버려야 한다고 가르칩니다. 반야의 지혜를 채우는 것이 공(空)이기 때문이지요.

"춘란의 말라가는 뿌리를 감싸기 위해 이끼"로 덮다가 시인은 세상 가장 밑바닥, 아무도 관심 가지지 않는 음지에서 소외되어 있는 이끼의 모습을 봅니다. 그는 고통과 무시 속에서도 삶의 끈을 놓지 않으려는 이끼의 모습에서 연민을 느낍니다.

시를 읽다가 제가 바로 이끼 같은 존재가 아닐까 생각했습니다. 이끼는 풀과 나무가 세상에 생겨나기도 전부터 존재해왔다고 합니다. 저 역시 지금 숨쉬는 많은 이들이 세상에 오기 아주 오래전부터 존재했습니다. 또한, 이끼는 관다발 조직이 없기 때문에 다른 식물과는 달리 높이 자랄 수가 없어 가장 낮은 곳에서 살아가야 합니다. 기댈 곳 없는 저 역시 그러하지요. "멸종"해버린 많은 짐승들과 번뇌에 시달리던 많은 이들을 보내고 수천 세기를 지나 작은 화분에 누운 이끼…… 그리고 미천한 기녀의 몸으로 태어나 시문(詩文)을 익혔으나 연모하는 이와의 신분의 벽을 넘지 못하여 강물로 몸을 던져야 했던 여인, 그렇게 몇 번을 다시 태어났으나 함께하기를 약속한 이가 오지 않아 "식물원에 수형된 풋것들"처럼 살아야 했던 여인……

"죽은 뒤에도 생각이 번지는 몸을 어쩌나"라는 구절에서 눈시울이 뜨거워졌습니다. 공의 상태에 이를 수 있는 자는 반야의 지혜를 체득하는 경지에 이를 수 있겠지요. 허나, 이 몸은 한 세계를 완전히 허물지 못하고 미련과 집착으로 윤회를 거듭했습니다. 반야에 이르기는커녕 오래도록 품은 그리움이 생을 거듭하면서 더 깊어져만 갔습니다. 긴 세월, 공에 이르지 못한 미련하고 초라한 이끼라는 존재를 향해 "심심하고 담담한 내음의 빛깔을 반야의 속종"이라고 해도 될 것 같다며 "꽃도 열매도 없지만 남루하진" 않다는 시인의 한마디에 지난 몇 번의 전생까지 위로받은 듯했습니다. "인멸"

을 모르는 반복된 삶의 고통을 떠올려봅니다. "생각 없이 눈물 흘리는데 너무 벅차고 고요"해지는 것이 영영 놓쳐버린 당신의 손을 다시 잡은 듯했습니다.

세상을 전복할 힘이 없는 무력하고 미미해 보이는 존재들에 대한 시인의 시선은 붓다가 그 위에 앉아 "처음 번뇌의 시동을 걸었"다는 "초록 보료"가 다름 아닌 이끼였다는 사실을 상기시킴으로써 이끼로 대표되는 힘없는 이들이 실상은 초월적인 존재와 가장 긴밀하게 연결되어 있다는 사실을 일깨웁니다. 소멸되는 것, 사라질 줄 알면서도 질긴 생명줄을 놓지 못하는 것, 영원히 소유할 수 없다는 것을 알면서도 끝없이 염원할 수밖에 없는 존재들, 그런 것들에게 눈을 맞추는 시인의 시선에서 작고 하찮은 존재들에 대한 연민이 전해져옵니다.

소외당한 존재를 바라보는 따스한 시선은 한해살이 식물인 오이의 늙음을 노래한 시 「노각」에서도 만날 수 있었습니다. 모든 생명체가 생로병사를 경험하지만, 하루살이 곤충이나 한해살이 식물의 노화에 대해 이야기되는 경우는 거의 없습니다. 시인은 "노각"이라는 단어가 "한해살이 오이한테도/ 노년이 서리고/ 그 노년한테/ 달셋방 같은 전각 한 채 지어준 것 같은" "선선하고 넉넉한" 말이라고 여기며 기뻐합니다. 그러고는 "늙은 오이의 살결을 벗기면/ 수박 향 같기도 하고/ 은어(銀魚) 향 같기도 한/ 아니 수박 먹은 은어 향 같기도 한/ 고즈넉이 늙어와서 향내마저 슴슴해진/ 내 인생에 그대 내력이 서리고/ 그대 전생에 내 향내가 배인 듯"한 향이 난다며 세월을 품은 향기를 노래합니다. 시를 읽고 있으면 "늙어 떠나며/ 외투 벗어주듯 집도 한 채/ 누군가에게 벗어줄" 수 있는 노각이 부러워지기도 합니다. 저 역시 누군가에게 은어 향처럼 잔잔한 기억으로 남기를 기원할 뿐입니다.

빗물 웅덩이를 핥는 개의 망연한 눈빛과

광야를 건너온 바람이 슬몃 내 팔짱을 끼는 이 가을에

천만장자의 롤스로이스와 백골의 노숙자, 성형미인과 하천의 기형 물고기들,

세계 도처 근본주의자와 옛날을 오늘로 사는 오지 사람들,

죽어서도 나를 살리는 어머니와 살아서 미물을 죽이는 나,

문학상을 나누는 근엄한 원로들과 철거중인 사창가를 유람하는 늦깎이 시인,

홀아비 농부의 마스터베이션과 앳된 사무원의 짝퉁 핸드백,

능멸과 사랑의 아류, 정치 거물의 대필 자서전과 자위용 일본 로봇의 윙크,

파리 날리는 심부름센터와 변두리 화훼 단지의 연탄재

들,
　바람에 나부끼는 채권 추심 대행 현수막과 환삼덩굴에
덮인 들판의 농막,
　어디를 영혼의 깊이라고 부르나?
　그 밖에 가을에 사고 싶은 춘란(春蘭) 한 무더기,
　철거를 앞둔 주택 마당의 개오동과
　오지 않는 봉황의 청처짐한 금빛 깃털들

　마음은 가끔 번뇌의 창고를 수소문하니, 들판 어디를 뜯
어 바다를 들일까
　골몰과 노역에 길들인 바람은
　생각을 깊이 입어도 몸이 없고 바위에 나무에 한껏 스몄
다 혼처럼 떠나가는,
　우리는 이 가을에 한낱 눈시울이 젖는 조무래기들
　인간의 어떤 위대함을 폭죽처럼 떠올려도
　그만큼 먼지와 능놀고 모래알과 뒤섞이며
　낮달이 비치는 한 바가지 추깃물의 고요를 봐둬야 할
몸들,
　정신에 공황과 섬망과 불안을 가구처럼 들여놓고
　의연히 세속을 즐기는 우리는 조무래기들
　　　　　　　　　　　　—「조무래기들」 부분

"천만장자의 롤스로이스와 백골의 노숙자", "성형미인"

과 "기형 물고기들", "근본주의"로 무장한 종교와 문명을 등지고 "오지"로 들어가는 사람들, "문학상을 나누는 근엄한 원로들과 철거중인 사창가를 유람하는""시인", "바람에 나부끼는 채권 추심 대행 현수막"과 "짝퉁" 명품백, 그리고 "빗물 웅덩이를 핥는" 버려진 "개"의 "눈빛"…… 능멸과 사랑, 모순과 질서가 공존하고 상호작용하는 실제 세계의 편린들입니다.

과학문명의 발달로 번영과 행복이 모두에게 고루 번지리라는 희망에 부풀어 밀레니엄을 맞았건만 21세기는 극과 극으로 분열되어 서로의 존재를 부정하고 증오하는 시대가 되고 말았습니다. 「조무래기들」은 선과 악, 부와 가난, 귀한 자와 천한 자, 존경과 멸시가 혼재하는 혼탁한 세상을 압축적으로 보여주고 있습니다. 서로가 인간이라는 같은 종이지만 상대를 동일한 범주에 포함시키기를 거부하는 사람들의 모습, 서로를 바깥의 존재로 밀어내려고 애쓰는 인간의 모습은 그 자체로 거대한 한 편의 부조리극입니다. 그 부조리극 어디에도 "영혼의 깊이"라고 부를 만한 것은 없어 보입니다.

일상의 결핍 혹은 상실을 사람들은 가난이라 부릅니다. 가난이 뒤섞인 일상은 혼란스럽고 무질서할 수밖에 없습니다. 가난이라는 현실을 탈출하고 싶은 욕구는 성형과 짝퉁 소비로 이어집니다. 하지만 성형과 짝퉁은 진짜가 아니기에 경계선 바깥의 인간이 경계선 안쪽으로 한 발 들여놓을 수

있도록 허락하지 않습니다. 지금 우리가 살고 있는 현실의
세계는 소외된 다수가 상처와 고통 속에서 살아가야 하는
공간일 뿐이라고 시인은 말합니다.

사르트르는 문학이란 인간과 세계를 드러내는 일이라고
했습니다. 언어가 세상과 동떨어져 존재할 수 없듯이 문학
도 세상과 동떨어져 존재할 수 없습니다. 예술가, 그중에서
도 특히 시인은 많은 평범한 사람들의 남루하고 지루한 삶
의 풍경 속에서도 "인간의 어떤 위대함을 폭죽처럼 떠올"
릴 수 있어야 합니다. 그는 진흙탕 속에서 구원을 만날 수
있는, 시들어가는 작은 들꽃에서 우주를 느낄 수 있는, 세
상의 모든 혼돈과 모순 속에서도 온몸으로 신화를 살아낼
수 있는 존재여야 합니다. 거기에 더해, 이 모든 비현실적
이고 초월적인 지향점의 시작은 현실이어야 합니다. 즉, 시
인은 세속과 더불어 괴로워하고, 세속과 더불어 구원을 꿈
꿀 수 있어야 합니다. 「조무래기들」에는 시인 유종인이 시
와 삶을 대하는 자세가 잘 드러나 있습니다. 그에게 있어 시
를 쓴다는 것은 세속의 현실에 깊이 몸을 담그는 것과 같은
의미인 듯합니다. 물질적 욕망 속에 갇힌 삶의 공허함을 매
순간 온몸으로 마주하면서 말입니다. 그는 "공황과 섬망과
불안을 가구처럼 들여놓고" 살아가는 쪽을 선택합니다. 하
지만 동시에 "먼지와 능놀고 모래알과 뒤섞이"면서도 물속
의 고요를 응시합니다. 깨달음이란 결국 자신을 둘러싼 세

계와의 관계성 안에서 얻어야 하는 것임을 그는 잘 알고 있는 듯합니다.

그러기 위해서 시인은 모순을 응시한 채 모순적인 존재가 되지 않으려 발버둥쳐야 했습니다. "번뇌의 창고"가 되어버린 "마음" 한구석에서 "바람"을 길들이려 애쓰던 그는 마침내 "가을에 한낱 눈시울이 젖는 조무래기"가 될 수 있었습니다.

먼 우주에서 본다면 잘나도 못나도 우리는 모두 조무래기들에 불과합니다. 이 작품에는 빈곤으로 주류 세계 밖으로 내쫓긴 사람들과 성형, 짝퉁을 통해서라도 그 안으로 들어가고자 하는 인간의 세속적인 욕망이 잘 드러나 있습니다. 인간들이 서로를 구분하는 분할선을 그어 상대와 자신이 동등한 실재자(實在者)라는 사실을 인정하고 싶어하지 않을 때 조무래기들은 "모래알"이 됩니다. 모래알들은 아무리 수가 많아도 차별을 전복할 힘을 가질 수 없습니다. 서로가 서로를 배제하는 작고 작은 팔십억 개의 세상 대신, 한덩어리로 단단하게 뒤엉킨 거대한 먼지들의 세상을 꿈꾸어봅니다.

바람 속에 번민을 고쳐간다
번뇌는 영혼의 움직씨, 질 좋은 고통의 화력이지
원하지 않았으나 나를 바라는 나무가 나를 얻을 때까지
나는 시방 미래가 과거 나라에 보낸 파견자다
증오의 바닥을 파서 사랑의 샘을 얻어보자고

나는 시방 변방을 지극히 아껴 보는 사람,
나는 시방 광활한 나라의 평화로운 폐허에 와서
이제 미래를 복기하듯 오늘이라는 옛날을 다시 쓰느니

허물을 모으고 포개놓으니 꽃과 같다
생각은 어둠에 맞는 먼동의 옷을 입으려 하고
거꾸로 놓은 앞날의 모래시계를 되짚어놓고
나의 미래의 훗날을 오늘로서 되살리는,
가만히 노래하면 얼음 속에 수런대는 풀들
마음에 거둔 적 없는 다솜을 걸어가라 흔들리는
　　　　　　　　　　　　　―「시방 나는」 부분

　언젠가 빗소리를 듣다가 제 "몸이 버섯처럼 돋고 잦아들
번뇌의 인보(印譜)"(「여름의 낙관」) 같다는 생각을 한 적이
있었습니다. 다른 많은 이들이 그러하듯 저 역시 스스로의
욕망과 집착에 사로잡혀 괴로움과 즐거움의 상태를 끊임없
이 반복하면서 번뇌의 속박에서 벗어나지 못했습니다. 그리
하여 번뇌로 말미암아 업을 짓게 되고 그에 대한 과보(果報)
로서 나고 죽는 괴로움의 세계를 윤회하게 되었습니다. 성
인께서 삶을 고(苦)로 파악하고 모든 번뇌를 끊음으로써 괴
로움의 세계를 벗어나 열반의 깨달음을 얻으라 하셨으나 저
는 그리하지 못했습니다.
　미련하다 하시겠지만, 당신이라는 의지할 절대자도 없이

"평화로운 폐허"에 와서 "바람 속에 번민을" 보내려 애쓰며 살았을 가련한 한 생을 떠올려주십시오. 깨달은 눈으로 보면 번뇌와 깨달음은 그대로 하나여서 차이가 없다고 하기도 합니다. 하지만 범인에게 인생이란 나날이 깨닫고, 버리고, 비우려 애쓰면서 묵묵히 가는 길이 아니겠는지요.

　기억건대, 당신은 '애틋하게 사랑한다'는 뜻을 가진 '다솜'이라는 말을 참 좋아하셨습니다. 시집을 읽다가 다솜이라는 단어를 만날 때마다 님을 만난 듯 설레었습니다. 다솜은 따스함과 어원이 같다고 합니다. 다솜이라고 적힌 활자를 더듬어, 닿지 못한 당신에 대한 그리움으로 식어가는 육신에 잠시나마 온기를 더해봅니다.

　때때로 저는 사랑이란 "질 좋은 고통"의 다른 말이 아닐까 하는 생각을 했습니다. 이생의 "사납고 완고한 칠흑 속에서" "서로의 뺨을/ 오래된 처음처럼 더듬어 번지듯"(「수묵(水墨)」) 당신에게 닿기를 염원하며 한 생을 하염없는 고통 속에서 소진했습니다. 시방, 생의 "변방"까지 와서도 그 열망을 놓지 못하고 이렇게 마지막 연서를 보내고 있다니……너무 아프면 "아픔이" 몸의 "주인"(「그러니까 만세」)이 되는 것 같습니다. "아픔을 모르는 나를"(같은 시) 상상할 수 없습니다.

　우리가 함께 강물에 몸을 던지던 날, "그대 손등에 내 손등을 포갤 때"(「사월」) 당신은 "슬픔이 고요해진 눈빛"(「가을 무릎」)으로 제 눈을 바라보았습니다. 이윽고 "바람에 날린 흰 파도 거품이 달려와" 그대 눈동자 속의 내가 어두워지고 "나도 그대가 어두워"(「사월」)져서 점점이 흩어지는 물방울을 사이에 두고 서로를 놓치고 말았습니다. 그것이 마지막으로 당신과 눈을 맞춘 순간이었습니다. 그후 몇 번의 생애를 다시 사는 동안 "그대와 한 여울물에 발을 담근 채/ 발가락 꼬무락거리는 물속의 말을 보느라/ 입이 쉬고 손이 한갓지고/ 눈이 지긋해질 때"(「맨발로 지구를」)가 오기를 꿈꾸며 애타게 당신을 찾았으나 다시는 인연이 닿지 않았습니다. 그리하여 주체할 수 없는 사랑과 거대한 "번뇌"가 한덩어리가 되어 그 "고통의 화력"으로 제 영혼을 태웠습니다.

한번은, "그대가 문득 다가와 내 가슴에/ 사다리를" 놓은 그날처럼 "그대 눈총을 드리우는 날"(「무극」)이 오기를 기다리며 점을 보러 간 적이 있었습니다. 점괘라는 게 "없는 것들을 있는 것이다 말하면/ 드디어 바람도 몸이 생겨서 그 몸을 보게 되는 것"(「점괘」)이라는데, 헛된 희망임을 알면서도 언젠가 다시 만나리라는 점괘를 믿고 기다림을 멈출 수가 없었습니다.

보이지 않는 대상에 대한 그리움은 아름답기 때문에 생의 근원적 슬픔에 다가가게 하는지도 모르겠습니다. 프로이트는 '에로스(eros)'와 '타나토스(thanatos)'를 한 쌍으로 보았다고 하지요. 사랑과 죽음이 뗄 수 없는 짝이라니…… 사람이 사람을 가장 고독하게 만들 수 있다는 실존적 모순을

인지하고도 자신의 내면을 타인에게 양보하는 사랑이란 결국 자기를 희생함으로써 자기를 죽이는 것입니다. 그렇게 자신의 죽음과 마주할 때 사랑이 평범한 한 인간을 영원에 이르게 하는 것이겠지요. 한시도 "마음에 거둔 적 없는 다솜"으로 인하여 몇 번의 죽음과 고통스러운 환생을 반복했습니다. 하지만 사랑으로 인하여 매 순간 영원을 살았으므로 후회는 없습니다.

이 단순한 기다림을 나는 기다린다
지하 삼층 혹은 사층에서 붉은 신호의 관이 올라온다
그 어느 무덤 속보다 어웅한 데서 올라오는
이건 무덤보다 아래 묻힌 약속을 끌어올리는 거다
주검보다 아래 눌러 내려갔다가
부르듯 누르면 올라오는 이 삼엄한 기척들,
나는 예부터 오늘에 이르는 길을
이 웅숭깊은 사각의 우물 속에 빠뜨려선
내 앞의 면벽은 순간 벽이 깨지며
공간의 미소를 엎지르는 두레박이 닿는다

무덤보다 웅숭깊은 궁륭, 주검보다 아래 놓인 여름, 무덤이 부풀려놓은
묏등의 관능, 그러나 천사가 내려오면
딱 멈추었을 허공의 어디까지

이 문짝을 단 두레박은
무심한 듯 허공과 땅속을 한 우물로 판다
그러니 수평에 열리고 닫히는 수직들,

—「엘리베이터」 부분

  숨이 점점 가빠옵니다. 죽음이 사나운 얼굴을 들이밀고
있습니다. 불교에서는 죽음이란 시간과 장소를 한정하지 않
은, 오직 스스로에 대한 자각을 통해 생과 사를 인식하지 않
는 상태에 이르는 것이라고 합니다. 죽음은 삶에 동반되는
자연적인 변화의 과정이며, 단절과 분리, 시작과 종말을 의
미하지 않는다는 것이지요. 그러므로 생과 사가 사실상 하
나의 과정이고, 그 과정에서의 삶과 죽음은 그저 상태의 전
환일 뿐, 죽음은 영원한 자유로움을 얻을 수 있는 기회일 수
도 있고, 또다른 삶으로 이어지는 고통의 연장이 될 수도 있
다는 것입니다. 생사란 본래 실체가 있는 것이 아니라 변화
의 과정을 다르게 명명하고 조건 지은 것뿐이니까요.
  유종인 시인은 인간 삶의 극한 상태인 죽음을 다루면서도
죽음을 삶과 조금도 격차가 없는 거리에 두고 바라봅니다.
즉, 삶과 죽음이 일정한 거리를 둔 채 같은 선상에 위치하고
있다고 본 것입니다. 그러한 시각은 엘리베이터를 "관"으로
본 것에서 알 수 있습니다. 그는 "주검보다 아래 눌러 내려
갔다가/ 부르듯 누르면 올라오는" 장치인 엘리베이터를 통
해 지하세계인 무덤과 삶의 무대인 집 사이를 오갈 수 있다

고 인식하고 있습니다. 시인은 삶과 죽음 사이를 오가는 엘리베이터를 통해 본질적으로 삶과 죽음에 동등한 자격을 부여한 것입니다. 그런 의미에서 유종인 시인이 삶과 죽음을 바라보는 방식은 에밀리 디킨슨의 그것과 닮았다고 하겠습니다. 에밀리 디킨슨과 유종인, 두 시인은 각각 기독교적인 세계관과 불교적 세계관이라는 각기 다른 관점을 취하고 있음에도 불구하고, 두 시인 모두 삶과 죽음의 경계를 명확히 구분 짓기보다는 삶과 죽음을 동일 선상에 놓고 시상을 전개한다는 공통점을 가지고 있습니다. 다만 에밀리 디킨슨이 삶과 죽음을 수평적으로 이어진 것으로 파악하고 있다면 유종인 시인은 수직으로 이어져 있다고 보는 점, 그리고 각각 마차와 엘리베이터가 그 사이를 오가는 매체로 등장하고 있다는 점에서 차이가 있다고 하겠습니다.[1]

동시에 유종인의 이 작품에서 엘리베이터의 기능은 단순히 삶과 죽음을 수직으로 이어주는 것에 그치지 않습니다. "그 어느 무덤 속보다 어둑한 데서 올라오는/ 이건 무덤보

---

[1] 심인보, 「Emily Dickinson —죽음의 상징성」『현대 미국시이론』, 한신문화사, 1998 참조. 죽음을 향해 가는 인간의 삶을 노래한 시 「J.712」에서 에밀리 디킨슨은 죽음이 삶의 종말이 아니라 불멸에 이르는 길임을 이야기하면서도 삶의 경험, 생활을 영위하는 터전을 무덤에 지나지 않는다고 말한다. 이에 대해 윈터스(Yvor Winters)는 이 시가 기만적임에도 불구하고 절묘하다고 말하며 그런 측면에서 이 작품이 에밀리 디킨슨 최고의 걸작에 속한다고 평한 바 있다.

다 아래 묻힌 약속을 끌어올리는 거다"라는 구절에서 알 수 있듯이 시인은 엘리베이터가 지하세계와 현실세계를 반복적으로 오가는 이유를 "무덤보다 아래 묻힌 약속을 끌어올리"기 위함으로 보았습니다. 이는 환생과 절망의 원을 벗어나지 못하고 상실된 대상을 끊임없이 환기하며 반복적으로 나고 죽는 제 모습과 닮아 있습니다. 그 허망한 집착이 만들어낸 기이한 세계의 아래에는 지켜질 수 없는 "약속"이 존재합니다. 하지만 그 약속을 동력으로 "예부터 오늘에 이르는 길"을 반복적으로 오가는 일은 폐허 그 자체였습니다. 따라서 시인이 엘리베이터를 "관"으로 표현한 것은 그러한 맥락에서 이해할 수도 있을 것입니다.

삶과 죽음이 동일 선상에 있는 것이라면 살아 있는 모든 생명은 죽음을 내포하고 있는 존재입니다. 그러므로 종국에는 살아 있는 모든 존재는 죽은 존재와 다를 바가 없게 된다고 할 것입니다. 죽음을 경험했든 안 했든 인간의 삶은 언젠가 죽음과 일치하게 되어 있으니까요.

유종인 시인의 작품들은 옥타비오 파스가 그의 책 『활과 리라』에서 "시는 공(空)을 향한 기원이며 무(無)의 대화이다"[2]라고 한 구절을 떠올리게 합니다. 시인은 「이끼 반야」에서는 반야에 이르고자 공(空)을 추구하는 모습을 보여주었고, 「엘리베이터」에서는 죽음, 즉 무(無)를 노래했습니

2) 옥타비오 파스, 『활과 리라』, 김은중·김홍근 옮김, 솔출판사, 1998.

다. 공 사상에서 바라보는 무(無)는 존재에 본체가 없는 무
자성(無自性)을 가리킨다고 합니다. 그리고 유(有)란 존재
가 인연에 따라 있게 되는 현상을 뜻한다고 합니다. 유종인
시인이 삶과 죽음이 하나로 연결되어 있으며, 죽음이 삶을
통해 정의되고 삶이 죽음 없이는 실재할 수 없는 것이라고
본 것도 그러한 맥락일 것입니다.

세상에는 영원불변한 것도 없고, 항상 동일성을 유지하는
자아도 없고, 고정된 실체라는 것도 없습니다. 만물이 변하
듯 한 명의 인간도 끊임없이 변합니다. 제 몸속에 머문 저의
생각도 끊임없이 변하고 있으니 고정된 자아란 어디에도 없
는 것입니다. 실체의 내가 없으니 무아(無我)이고 변하지 않
는 것이 없으니 무상(無常)이라 하겠습니다. 저라는 인간도
있음으로 해서 없고 없음으로 해서 있는 그런 것이겠지요.

이제 "살을 벗고"(「무감각」) 고요에 들고자 합니다. "아직
가닿지 않은 곳"(같은 시)을 생각하다 생을 돌아보니 "눈 감
고 긴 잠에 걸친 꿈의 한 소절"(「무극」)을 살아낸 것만 같습
니다. "마지막 옷"(같은 시)을 누군가 벗기고 나면 저도 "구
제 옷 같은 번민"(「풀밭에서」)을 벗어버리고 싶습니다. 이 가
련한 육신은 "미천하고 외롭게" 살다 갔으나 영혼은 "미쳐가
는 불꽃 칸나"(「조무래기들」)로 살았다는 것을 기억해주시기
를 바라봅니다. "가만히 한쪽 뺨을 타고 흐르는 여울,/ 그 적
막이 바람을 닮아가듯" 한평생 제가 흘린 땀은 "모두/ 눈물을

그렁그렁 닮아"(「땀과 눈물」)가고 있는 듯합니다. "관자놀이를 타고 별똥별처럼 흐르는 눈물"(같은 시)이 보이시는지요.

　눈이 점점 감겨옵니다. 이제 때가 이르렀습니다. "공중에 시커먼 점괘를 날리며 짖는 까마귀들"(「입장문」)이 가득합니다. "검푸른 이끼"를 입은 "가슴"(같은 시)이 묵직하게 내려앉습니다. "오늘은 천만년 중의 볕바른 하루"였다고 "그리운 한숨"(같은 시)만 뱉어봅니다. 아득히 먼 하늘에서 "어둔 별"(「전대미문」) 하나가 사그라들고 있습니다. "귀가 환해"지고 육신이 떠난 자리에 "꽃이 세 드는"(「먼동」) 소리가 들리는 듯합니다.

유종인 1996년『문예중앙』신인상에 시, 2003년 동아일보 신춘문예에 시조, 2011년 조선일보 신춘문예에 미술평론이 당선되어 작품활동을 시작했다. 시집으로『아껴 먹는 슬픔』『교우록』『수수밭 전별기』『사랑이라는 재촉들』『양철 지붕을 사야겠다』『숲시집』『숲 선생』이 있다. 지훈문학상, 김만중문학상 등을 수상했다.

문학동네시인선 215
그대를 바라는 일이 언덕이 되었다
ⓒ 유종인 2024

초판 인쇄 2024년 6월 13일
초판 발행 2024년 6월 26일

지은이 | 유종인
책임편집 | 서유선
편집 | 정민교 김내리
디자인 | 수류산방(樹流山房) 본문 디자인 | 최미영
저작권 | 박지영 형소진 최은진 서연주 오서영
마케팅 | 정민호 서지화 한민아 이민경 안남영 왕지경 정경주 김수인 김혜원
         김하연 김예진
브랜딩 | 함유지 함근아 고보미 박민재 김희숙 박다솔 조다현 정승민 배진성
제작 | 강신은 김동욱 이순호
제작처 | 영신사

펴낸곳 | (주)문학동네
펴낸이 | 김소영
출판등록 | 1993년 10월 22일 제2003-000045호
주소 | 10881 경기도 파주시 회동길 210
전자우편 | editor@munhak.com
대표전화 | 031) 955-8888 팩스 | 031) 955-8855
문의전화 | 031) 955-2696(마케팅), 031) 955-2678(편집)
문학동네카페 | http://cafe.naver.com/mhdn
인스타그램 | @munhakdongne 트위터 | @munhakdongne
북클럽문학동네 | http://bookclubmunhak.com

ISBN 979-11-416-0643-5 03810

문학동네